STORY

【才能がないだと?
ならば天才どもの百万倍努力するのみだ!】
「はい! 師匠!」

幼い頃から才能なしの無神紋だと馬鹿にされてきたシオン。
冒険者になるも仲間に裏切られ絶体絶命になったところに
憧れていた大英雄ダリオが彼の前に現れ命を救われる。
自身も無神紋だというダリオにシオンは弟子入りすることになり、
何億年にも及ぶ修行を経て万能の力を手に入れた!

そんなシオンらと旅を共にする少女レティシア。
彼女は神が如き力、万象紋を所持するも
自身で制御出来ない強大過ぎるその力に悩まされていた……。
そして、ギルドの協力で万象紋に詳しい人物がいると情報を聞きつけ
一行は伝説　　　　　　　　　　　　　　　向かう――。

CONTENTS

一章　黒刃の谷

デトワールの街から遠く離れた西の地方。

そこに、黒刃の谷と呼ばれる場所が存在する。

広大な山脈は見渡す限りに続き、豊かな自然が広がっている。

だがしかし、そこはどの国にも属さない土地であった。

その理由は単純そのもの。凶悪な魔物がうようよ生息しているからである。

「グルァアアアアッ!!」

獣道を行くシオンの横手で、気配の塊が膨れ上がった。

藪(やぶ)から飛び出してくるのは巨大な黒熊だ。体高は人間の大人をしのぐほどで、大きく裂けた口からは鋭い牙が無数にのぞく。野生生物ではなく、俗にデーモンベアと呼ばれる魔物である。

それがダガーのような爪を振りかざしてシオンめがけて襲いかかってきたのだ。

避けるか、迎撃するか。

しかしシオンが取った行動はそのどちらでもなかった。

「はいはい」

「ッッッッ!?」

バギィッッ!

自らに迫った爪。それを手刀ですべてあっさりとへし折った。

目をみはったその隙に、大熊の巨体を地面に押しつけのしかかる。

黒い熊はその瞬間に目を剝いて固まってしまう。

冷や汗を垂らすその首に、シオンは片手を添える。

丸太のように太い首だが、少し力を入れるだけで簡単に頸椎を折ることが可能だろう。

それが熊にも分かるのか、全身に硬直が広がる。

シオンは努めてにこやかに言う。

「いいかい、もう俺を襲わないこと。仲間にも伝えておいてくれ。次にまた会ったら……容赦はしないからね」

「きゃうん!?」

そっと手を離せば、熊は情けない悲鳴を上げて逃走した。

あっという間にその姿は藪の向こうに消え、シオンは肩をすくめる。

「ほんとに物騒なところだなあ。この前登ったデトワール山よりも魔物が多いや」

【くくく、このくらいの方が退屈しなくて良いだろう】

その独り言に、涼しげな声が応えてみせた。

シオンが腰に下げた剣である。

正しくは、剣に魂を宿した師匠――ダリオの発言だった。

少し前までは厳格な男性のもののように聞こえていた声ではあるものの、その可憐極まりない正体を知った今では、鈴を転がすような少女のものとしてきちんと認識できていた。

ダリオは不服そうに鼻を鳴らす。

【しかし、あの程度の雑魚ならば斬って捨てれば済む話だろう。何故逃がしたのだ】

「それだと血の臭いであたりの魔物を興奮させちゃうじゃないですか。よそ者は俺たちの方なんだし、穏便にいかないと」

【かーっ、つまらぬ良識人め。英雄を目指すのならばもっと破天荒な道を進むべきだろう。向かってくる敵は全てちぎっては投げ、全財産をカツアゲするくらいの気概で叩き潰せ】

「それは英雄じゃなくてチンピラって言うんですよ、師匠」

物騒な師を適当にいなしつつ、シオンはあたりに落ちていた枝を検分する。

最近は雨が少なかったのか、どれもほどよく乾燥していた。焚き火には持ってこいだ。

ダリオと益体（やくたい）のない話を続ける内に、ちょうどいい太さの枝が集まった。

紐で縛って担ぎ上げる。

「よし。枝も十分拾ったことだし、レティシアのところに戻りましょうか」

【そうするがいい。いくら安全策があるとはいえ、ひとりは不安だろうからな】

そこから少し森の中を歩く。

するとしばらくして木々が途切れ、小川が姿を現した。

泳ぐ魚の姿がよく見えるほどに水はよく澄んでいて、森の中は少し汗ばむほどの陽気に包まれていたものの、この近辺はひんやりとした風が吹いている。

そんな清流のほとりで、レティシアが荷物と一緒に待ってくれていた。

材料を刻んで食事の用意をしていたが、シオンの姿を見つけるとぱっと顔を輝かせる。

「お帰りなさい、シオンくん」

「ただいま、レティシア。何も問題はなかった?」

「はい。このあたりは魔物さんもあんまりいないようですね」

レティシアは笑顔であたりを指し示す。

清流を訪れるのは小鳥やウサギなどの小動物のみである。

本来ならば先ほどのような大きな魔物も現れるのであろうが……シオンの荷物があるせいで、匂いを察して寄りつかないらしい。

枝拾いと哨戒(しょうかい)を兼ねた探索は、きちんと効果を発揮したようである。

あの熊以外にも多くの魔物を脅しておいたので、しばらくの間はここに近付くこともないだろう。

シオンは薪を手渡してレティシアににっこりと笑いかける。

「それじゃ、レティシアは休んでてよ。俺が昼食を作るからさ」

「そんなわけにはいきませんよ、シオンくんこそ休んでいてください。歩いてきてお疲れでしょうし」

「えっ、いやでもこの通りピンピンしてるからさ。ね？　だからそのおたまを俺に渡して……」

「ダメです。シオンくんは無茶をしがちなんですから、休めるときに休んでおかないと」

「ううう……わ、わかったよ」

結局、押し切られる形で調理担当が決定した。

レティシアは手際良く焚き火を起こし、鍋を火にかけていく。

ぐつぐつと煮えるスープをおたまでかき混ぜながら、きょろきょろと辺りを見回した。

シオンはそれに首をひねる。

「どうかした？　危険な獣は近くにいないと思うけど」

「あっ、違います。そろそろご飯が出来上がりそうだから、お師匠さんがいらっしゃるんじゃないかと思って」

レティシアはにこやかに言う。

「不思議な方ですよね。ふらっといなくなったと思ったら、またふらっと戻ってくるし」

「あはは……師匠は気まぐれだからね」

「あっ、そうだ。お師匠さんはいっつもたくさん召し上がるから、今回も多めに作っておきますね」

「ちょっ、レティシア!?　それはさすがに作りすぎじゃないかな!?」

「そうですか？　お師匠さんならこのくらいぺろりと食べちゃいますよ」

「いやだってそれ、明らかに食べられる色じゃないし……！」

レティシアは大はりきりで追加の具材を鍋へと放り込んでいく。

メイン食材は塩漬け肉やその辺で取れた野草、色とりどりのキノコだ。

野営の食事としてはオーソドックスなものではあるが……煮込めば煮込むほど、透き通っていたはずのスープが毒々しい紫色に染まっていくのは何故だろう。

シオンはこっそりと頭を抱える。

（やっぱりもう少し強引に調理担当を代わるべきだったな……）

この旅を始めて約半月。

その間に、シオンはレティシアの料理の腕前が壊滅的であることを知った。

普遍的な食材を用い、ギリギリ食えなくはないが一口ごとに意識が遠のくような料理を生み出す天才なのだ。

それでいて、当人はその味に何の違和感も持っていないらしい。

どうやら『美味(うま)い』と感じる閾値(いきち)が幅広いようで、店で出される絶品メニューも、自ら作り出す謎の料理もすべて美味(おい)しく平らげてしまう。

今だってちゃんと味見して、何か決め手が足りないと感じたのか手持ちの薬草（劇的に苦い）を千切りにして放り込んでいる。

その瞬間、スープの色が紫から黄緑に変わった。

何か常軌を逸した反応が起きているのは明白だった。

【ほう、今回もなかなか個性的な料理のようだ。楽しみだな、シオン】

（……そうおっしゃるなら、あとで出てきて食べてくださいよ、師匠）

ウキウキと弾んだ声を上げる師に、シオンは頭の中で返事をする。

レティシアとの旅の最中にこそこそと剣と話をするわけにもいかず、念話を会得したのだ。

ダリオは食い気味で返事をする。

【もちろんだとも。いやはや、レティシアが料理上手とは嬉しい誤算だった。くくく、汝の分は残してやらぬから、あとで泣いても知らんぞ！】

（どうぞご自由に……）

ここにも似たような味音痴がひとりいた。

ふたりが美味しく食べる料理を自分だけ手を付けないわけにもいかず、シオンは毎度苦境に立たされるのである。

シオンがため息をこぼす中、レティシアは鍋をかき混ぜつつ小首をかしげてみせる。

「それにしても……お師匠さんは、どうしてご不在だった間のことも全部ご存じなんでしょうね。まるでずっと私たちと一緒にいるみたいです」

「ほんとに一緒にいるんだよなあ……」

「え？　何かおっしゃいましたか？」

「いや、何でもないよ。うん」

シオンはぎこちない笑顔を返すしかない。

ダリオが実体化できるのは、今のところ一日三時間程度が限度である。

それゆえ、日中のほとんどは剣の中にいた。

食事の時間などに実体化して、好きなだけ飲み食いしてから剣へと戻るのだ。

そしてレティシアは、ダリオの正体が剣に封じられた魂で、なおかつ古の英雄その人だということを知らずにいた。

いたずらが成功して喜ぶ子供のような【くくく……】という笑い声も、シオンにしか聞こえていない。

シオンはこそこそと剣――ダリオへ話しかける。

（師匠、レティシアにそろそろ本当のことを教えてもいいんじゃないですか？）

【我もそれには同意見だがな。秘密を知る者は少ない方が何かと都合がいいのだ。なに、そのうち折を見て話すとも】

（分かりました。だったら俺も黙っておきますけど……ひとつ聞かせてください）

【なんだ、可愛い弟子よ】

軽い調子のダリオに、シオンはごくりと喉を鳴らしてから問いかける。

（師匠、この状況を……楽しんでたりしませんよね？）

【もちろん楽しい。意中の女子といい雰囲気になったところで乱入して、愛弟子のしかめっ面を好きなだけ堪能できるのだからな！】

（やっぱりあれ、毎回毎回わざとだったんですね!?）

デトワールの街からこの黒刃の谷までの道中、レティシアと和やかに談笑しているときや、手と手が触れて互いに赤くなったタイミングなどに限ってダリオが現れるので、何度もそういった空気がうやむやになっていた。

これには温厚なシオンも頭を抱えるしかない。

（俺はなんて疫病神に師事してしまったんだろ……どこかに捨てて来ようかなあ、この剣……）

（別にかまわんぞ。一定距離離れれば、自動的に汝の手元に戻る仕掛けを施しておいた。紛失対策はバッチリだ）

（今のは冗談のつもりだったんですけど……それを聞いて、捨てたい気持ちが本当にちょっとだけ芽生えましたよ）

シオンは軽くため息をこぼしつつ、食器の準備を始めた。

鍋からは謎の刺激臭が漂うが、食わねば男が廃る。

よそってもらった謎スープを、意を決して口へと放り込んだ。

「うっ……!?」

その瞬間、甘くてエグくて苦い情報量の多い味が舌を襲う。

心を無にして飲み込んでから、水を一口。

その作業をゆっくりと繰り返しながら、シオンは改めて切り出した。

「それじゃ……これを食べたら本格的に探索をはじめようか」

「はい。フレイさんが紹介してくれた方を捜すんですよね」

レティシアはこくりとうなずいて、懐から書状を取り出す。

手紙を封じる蠟(ろう)には冒険者ギルドの刻印が刻まれていた。相当な立場のある者からの手紙であるとひと目でわかる代物で、一般社会ではほとんどの相手に効力を発揮する。

しかし、レティシアは不安そうに眉を寄せる。

「本当に会っていただけるでしょうか。竜人族の族長さんですし、すっごく偉い方なんですよね？」

「しかもアポなしだからねえ……」

シオンも苦笑するしかない。

竜人族。

読んで字の如く、竜種のひとつだ。

人間とドラゴン、どちらの姿も取ることができ、莫大(ばくだい)な魔力や、気が遠くなるほどの長命を有している。

滅多に他種族には干渉せず、秘境の奥地などに集落を作って静かに暮らす種だ。まれに里を抜けて一般社会に溶け込む変わり者がいるとは聞くが、シオンは一度たりとも会ったことがない。

そして、この黒刃の谷を古くから支配しているのが竜人族の族長なのだという。

そんな大物を訪ねて、ふたりははるばるこの地にやって来たのだ。

「フレイさんの話だと、この谷には大昔から竜人族が暮らしているそうなんだ。でも、最後に彼らが人間の前に姿を現したのは百年くらい前の話だとか」

「つまり……今もこの谷にお住まいかどうかすら、分からないんですね」

レティシアが小さく吐息をこぼし、その顔にうっすらと影が落ちた。

だからシオンは慌ててまくし立てる。

「手がかりがゼロってわけじゃないよ。もし竜人族が住み処(か)を移していたとしても、痕跡から居場所が辿れるかもしれないし」

「……そうですね」

シオンの想いが通じたのか、レティシアはふっと表情を和らげる。

そして小さく頭を下げてみせた。

「ありがとうございます、シオンくん。私ひとりだったら、ここまで来ることもできずに挫(くじ)けてしまっていたと思います」

「お礼なんていいよ。なんたって約束したからね」

シオンはそれに笑いかける。

ここにやって来たのは、レティシアの持つ力――万象紋(ばんしょうもん)について調べるためだ。

あらゆる神紋の力を奪い、己がものにできるという脅威の力。

その力の正体と、彼女の失われた記憶の手がかりを見つけるのが目的なのだが――。

「あのフレイさんですら、ここの族長さんが何か知ってるかもってことくらいしか調べられなかったんだよ。それくらいきみの力は謎に包まれてるんだ。あんまり気を張りすぎても、真実にたどり着くのは難しいと思うよ」

「そ、それは困ります。私がどこの誰かも分からないままなんて……」

「でしょ？　だから今は焦りは禁物だよ」

シオンはさじをくるりと回し、にっこりと笑う。

「一歩一歩、着実に進んでいこう。俺はいつまでだって、どこまでだって付き合うからさ」

「シオンくん……」

レティシアはじーんとして目元をぬぐう。

支えになれたことにシオンはホッとするのだが、胸の温もりは一瞬で消え去ることとなる。

レティシアがおたまを握って意気込んでみせたからだ。

「それなら、今はたくさん食べて体力を付けるべきですね。ほら、シオンくんもおかわりしてください！」

「うっ、いや、俺はもうお腹いっぱいで……」

「遠慮しないでください。あっ、それともお口に合いませんでしたか……？」

「そ、そんなことないよ！　俺も大好きな味だから！　なんて言うかこう、この独特の甘みと苦味と酸味のハーモニーがたまらないよね！」

「よかったあ。それじゃ、たくさんよそってあげますね！」

「わあーい……ありがとー……」

心を無にしてやっと完食した食器の中に、無慈悲にも新しい謎スープが注がれた。

レティシアも二杯目をもりもりと平らげているので、拒否する道はない。

覚悟を決めてさじを口へ運んでいくと、ダリオがくつくつと笑う。

【くくく、汝も女を口説くのがずいぶんと上手くなったものだなあ。さすがは我の弟子よ】

(お褒めに与り光栄ですが……そんなところを見習った覚えはないんですけど？)

【何を言うか。汝は英雄に憧れているのだろう、英雄にハーレムは付き物だぞ】

ダリオは心底理解できないとばかりに唸ってみせる。

そうして声を弾ませて歌うように続けた。

【我も全盛期のころ、それはもう多くの美女を抱いたものよ。いいぞー、女は。柔らかいし、いい

匂いがするし、寝所で上げる声も心地よいし】

（あの、かねがね気になってたんですが……師匠って男の人はお嫌いなんですか？）

【女の方が抱き心地がいいからなあ。嫌いというより興味がない】

平然と言ってのけるダリオである。

真の姿はけっこうな美人なので、黙っていればかなり言い寄られたことも多いだろう。

そんな男たちの前に本性を表し、ちぎっては投げ、ちぎっては投げてカツアゲする師の姿が脳裏に浮かんだ。

シオンはため息をこぼしつつもスープをすする。

（まあ、師匠の好みは置いておくとして……師匠もそろそろ教えてくれるんですよね、万象紋について）

【……時が来ればな。まずはその族長とやらに会うがいい】

ダリオは少し言いよどんでから、きっぱりと言ってみせた。

そもそも万象紋という名を教えてくれたのが師、当人なのだ。

もっと他にも知っていることは明白だったが、ダリオは唸るようにして言う。

【我も千年もの間眠っていたゆえ、いまいち現世のことが分からん。この世界の情報を得てから、改めて話したい。よって、しばし待て】

（分かりました。でも、そんなに簡単に会えるものですかね……さっきレティシアと話してました

けど）

【なあに、気楽に構えるがいい。汝は我が弟子。不可能を可能に変える程度のこと、朝飯前だろう】

（師匠……）

からからと笑う師の声を聞いていると、本当に楽勝な気がしてくる。

レティシアをああ言って励ましたはいいものの、シオンも少し不安だったのだ。

心にかかっていた薄もやが、師と話して簡単に晴れてしまったのを感じた。

シオンはじーんとするのだが――ダリオは続けてニヤニヤと笑う。

【それに竜人族はいいぞ、気の強い美人が多い。おまけにあちこちデカいときて……あの豊満さで窒息するかと思ったことは一度や二度ではないな！】

（おかしい……話を変えたはずなのに、また同じテーマに戻ってきたぞ……）

どれだけ女性が好きなんだ、この人。

呆れるシオンに、ダリオは不服そうな声を上げる。

【そうは言っても、旅で出会った行きずりの美女と一晩中……なーんて展開、汝も興奮するであろう？　それこそ旅の醍醐味だろうが！】

（出会いかあ……それなら俺は美人より、強い相手の方が嬉しいですね。ぜひともお手合わせしたいです！）

【純情で戦闘狂とか、我でも引くぞ……？】

ダリオは心底理解できないとばかりにぼやいてみせた。

それを言うならシオンはシオンで色々言いたいこともあったが、水掛け論もいいところなのでぐっと堪えて二杯目の謎スープを飲み干した。

皿を片付けようとして、そこでふと手が止まる。

（あ、そうだ。強い相手といえば……）

脳裏をよぎるのは、先日フレイと別れた際に交わした会話だった。

彼はシオンに紹介状と谷までの地図を渡した後、小さくため息をこぼしてみせた。

『くれぐれも気を付けろよ、シオン。あの谷は竜人族だけでなく、数多くの魔物が暮らす場所なのだが……どうも最近きな臭い噂を聞く』

『噂ですか？』

『ああ、なんでも――』

そうして彼が口にしたのは、シオンにとっては書物で親しんだ名前だった。

ぼんやりとその名をつぶやく。

「伝説の邪竜かあ……まさかここに封印されていたなんて」

「む」

そこで、レティシアもまた手を止めた。

不思議そうに首をかしげる。

「邪竜さんって……フレイさんがおっしゃっていた悪い竜さんですよね。復活したかもしれない、っていう」

「っ、そうそう！　そうなんだよ！」

どうもこの地域の周辺では、そうした噂が今現在流れているらしい。

奇妙な遠吠えを聞いたとか、地鳴りがしたとか――その調査もついでに頼まれたのだ。

それはともかく、シオンは早口でまくし立てる。

「千年前に賢者ダリオが戦った相手なんだ。当時は世界最強のドラゴンだって噂されていたんだよ！　この本にも書かれてるから見てみて！」

「は、はあ……」

師が【オタクめ……】と呆れたようにツッコミを入れる。

しかしそこはスルーして、シオンは荷物からごそごそと一冊の本を取り出した。

賢者ダリオの冒険をまとめた説話集的な一冊だ。街を発つ前に買い求めておいた。

千年前に実在した英雄、賢者ダリオは数々の逸話を遺した。

国の危機を救ったり、世界中に名を轟かせる傑物に打ち勝ったり――そうした伝説の中でももっとも有名なのが、邪竜との一騎打ちである。

「当時、邪竜はあちこちの国を荒らし回ったんだって。一説によると、雄叫びひとつで山を平地に

「お、雄叫びひとつで、ですか……？　想像も付きませんね」

「でしょ？　それくらい強い竜だったから、誰も手出しできなかったんだ。で、当時有名だった英雄ダリオに討伐依頼が舞い込んだんだよ」

ダリオは三日三晩をかけて戦い抜いた末、邪竜をこの地に封印することに成功した。

該当のページをめくれば、筋骨隆々とした男性と巨大なドラゴンが対峙する挿絵が載っている。

それを見てダリオが【チィッ！　その本でも我はおっさん扱いか……！】と盛大な舌打ちをしたが、聞こえなかったことにした。

ドラゴンの挿絵を指し示し、シオンは熱く語り続ける。

「ほら見て。これが伝わっている邪竜の姿なんだ。すっごく強そうでしょ？」

「は、はい……とっても怖い竜なんですね」

「でも本当はもっと違う姿だったり、さらに大きかったりしたのかもしれないなあ……ほんっとワクワクするよね、会えたりしないかなあ」

「シオンくん……なんだか楽しそうですね？」

「へ？　そ、そんなことないけど」

レティシアはじとーっとした目でシオンを凝視する。

「まさかとは思いますけど……その邪竜さんと会えたら、戦ってみたいとか思っていませんよね？」

「ぎくっ……！」

「やっぱり！」

シオンの肩が跳ねると同時、レティシアの目がすこしばかり吊り上がった。

背筋を正し、こんこんとお説教を開始する。

「巻き込んだ私が言うのもなんですが、危ないことはやめてください。いいですね？」

「う、うん、分かったよ」

その気迫に、シオンはこくりとうなずいてしまう。

レティシアの心配が本物だと分かったからだ。

だがしかし――。

(師匠の戦った強敵なんて……俺も挑んでみたいって思うのは当然だよな!?)

オタク心を殺しきることはできなかった。

ごにょごにょと言い淀んでから、ぴっと人差し指を立てて頼み込む。

「たまたま出くわして、相手がやる気になったら……ちょっと戦ってみてもいいかな？」

「ダメですよ！　そういうときは逃げるに限ります！」

「だったら三分でもいいから！　ね!?」

「時間の問題じゃありません！」

そのまま平行線の議論が火蓋を切った。

静かな河辺に、そこそこ大きな声が響く。

そんな中、ダリオはぼんやりとした様子でぼやいた。

【ふむ、邪竜か……懐かしい名だなあ】

その声は不思議なトーンを秘めていた。

敵に対する容赦のなさとはまるで異なり――どちらかといえば、親しみのこもったものだった。

(そういえば、邪竜との対決の話はまだちゃんと聞けていなかったっけ……？)

食事が済んだ後ででも、こっそり尋ねてみよう。

そう考えたそのときだ。

シオンはハッとして、右手のひらをレティシアの顔の前にかざす。

「ちょっと待って、レティシア」

「む、誤魔化してもダメですよ。ちゃんと話し合いを――」

「そうじゃなくて。しーっ」

「……？」

口元で人差し指を立ててみせると、レティシアは素直に口を閉ざしてくれた。

ふたりして黙りこめば、周囲の音が際立つ。

ゆるやかに流れる小川の音。木々の葉がこすれる音。そして――。

「……話し声がしますね」

「だね。向こうに誰かいるみたいだ」

木々が隠す、曲がりくねった小川の対岸。そこからいくつもの声が聞こえていた。

しかもそれらはどこか荒々しく、一時の休息を求めた旅人のものとは思えない。

シオンはそっと腰を浮かせる。

「ちょっと様子を見てくるね。レティシアはここで……いや、一緒についてきてもらえる？　俺のそばにいた方が安全かもしれないし」

「は、はい」

レティシアも固い面持ちで立ち上がり、ふたり足音を殺して声のする方へ向かった。

◇

小川はゆるいカーブを描き、それに沿って真っ白な砂利が広がっている。

泡立つこともなく穏やかに流れる水面は、火の光を反射してキラキラと輝いていた。

あたりに響くのは細流のせせらぎ、小魚が跳ねる音、そして――。

「ぐぁ……！」

「ガハハハハ！　もうおしまいかぁ!?」

人を殴りつける音。くぐもった呻き声。

そして、それを嘲笑うような男たちの声。

静かなはずの河原で繰り広げられていたのは、戦闘とも呼べない一方的な暴力だった。

複数人の男らがひとりを取り囲み、手酷い暴行を加えていたのだ。

しかも彼らはみな、人間とは似て非なる見た目をしていた。肌の半分ほどを覆う細かな鱗と、こめかみから生えた角、太く大きな尻尾。

人ならざる種族――竜人族の証しだった。

砂利に倒れたひとりの髪を乱暴につかみ、男が下卑た笑みを浮かべて言う。

「くくく、最初の威勢のよさはどこにいったんだ？　クロガネ様よぉ」

「ぐっう……」

無理やりに引き起こされたのは、ひどく端整な顔立ちの女だった。

歳の頃は二十代半ば。整った目鼻立ちに、匂い立つような色香を有する美女である。

彼女もまた男らと同じ竜人族の特徴を有していた。

その髪も目も、鱗も尾も、何もかもが夜空より深い黒色。

尾は男たちのものを遥かに凌ぐほど太くて立派だが、両の角は半ばで折れてしまっていた。そのアンバランスさがひときわ目を引く。

血や泥に塗れてしまった装束も、幾重にも布を折り重ねた上等なものだ。

そんな美しい彼女に、男らは舌なめずりをして言い放つ。

「あんたの名前は、俺の元いた山でも知られていたんだぜ。相当腕の立つ竜だってな。それがまさかこの様とは……噂も当てにならないもんだ」

「……はっ」

クロガネと呼ばれた女は血の混じった唾を吐き捨てて、目の前の敵たちをギロリと睨む。

その鈍い眼光を受け、彼らは一様にどよめいた。

「よく言うよ……この腰抜けどもが！」

「ぐはっ!?」

男が怯んだその隙をクロガネは逃さなかった。

相手の手に噛み付いて、のけぞった瞬間に蹴りを食らわす。

大きく距離を取ってから、口元ににじんだ血を拭って獰猛に笑う。

「一対一じゃないと喧嘩もできない腰抜けどもがよく言えたものだよ。どうせ元の里を追い出されたロクデナシどもなんだろう？　そんなのがいくら束になってかかろうとも……あたしの敵じゃないね！」

「っ、舐めやがって……！」

先ほどの男が吠えると同時、その体から紅蓮の炎が湧き上がった。

莫大な熱量のせいで足元の砂利がドロリと溶け、川の水がぼこぼこと沸き立ち始めた。一触即発。

しかしその炎が爆ぜるより早く、山を揺るがすような怒声が轟いた。

「やめろ！」

「っ……！」

男がびくりと身をすくめ、炎がかき消える。

背後の茂みが揺れて姿を現すのは、これもまた竜人族の男だった。大柄で口髭（くちひげ）を蓄えており、体のあちこちに古傷が刻まれている。背には巨大な刀を担ぎ、大きな麻袋を手にしていた。

炎を生じさせた男をジロリと睨み、低い声で告げる。

「忘れたのか？　そいつを殺すのはこの俺だ」

「す、すみません、お頭……」

男は青い顔で縮こまった。他の者たちも威圧感に息を呑（の）む。

しかしそこでクロガネが躊躇（ためら）うことなく大柄な男へ飛びかかる。

「グルド！　おまえ……！」

「甘い」

「ぐっ……！」

グルドと呼ばれた男は片手を振るうだけでその襲撃をねじ伏せた。

砂利に倒れたクロガネのことを、他の竜人族らが慌てて押さえつける。

それを見下ろして、グルドは冷徹な目を向ける。

「無様だな、クロガネ。かつて名を馳せた英傑がここまで落ちぶれるとは」

「御託はいい！　おまえは……このあたしが殺してやる!!」

「そう吠えるな。お望みのものはこれだろう？」

グルドは無造作に麻袋を逆さにする。

中から転がり出てくるのは——。

「きゃんっ……！」

小さな竜人族の女の子だった。

見た目の年齢は七つほど。

黒髪、そして黒い尾。瞳だけが血潮を思わせる紅色。

地面にべちゃりと落とされて、少女は小さな悲鳴を上げる。

しかしすぐにハッとして顔を上げ、クロガネを見つけて掠(かす)れた声で叫んだ。

「おかーさん……！」

「ノノ!!」

「そこまでだ」

「うっ……！」

立ち上がり、駆け出そうとした少女の髪をグルドは乱暴に捕まえてみせた。

それにクロガネは目を吊り上げて吼えた。

「やめな、グルド！　その薄汚い手でノノに触れるんじゃないよ!!」

「……どうやら、自分の立場が分かっていないようだ」

グルドは巨大な刀を抜き放ち、その切っ先をノノへと突きつけた。

憐れな少女を見下ろす目は、どす黒い光をたたえている。

「せめて親子一緒にあの世へ送ってやろうと思ったが……気が変わった。先におまえの目の前で娘を殺してやる」

「いっ、いや！　おかーさん……！　たすけてなの……！」

「ノノ……！　くそっ！　離せクソどもが!!」

「まあまあ大人しく見てろよ、いい見せ物だろ」

クロガネは死に物狂いで暴れるが、竜人族たちの拘束はわずかにも緩まない。

下卑た笑みを浮かべてショーを楽しむ中――。

「お頭も性根が悪い。元からその手筈で……おや？」

その内のひとりが怪訝そうな声を上げた。

視線の先にあるグルドの剣先は――わずかに震えていた。

「お頭、どうしたんですか」

「まさか……ここまできて躊躇うと……？」

「っ……馬鹿を言え！」

グルドはそれに一喝し、深い息を吐いて瞑目(めいもく)する。

「俺はこのときを待ち望んでいたんだ。今こそ……恨みを晴らすときだ」

「う、うら、み……？」

その万感のこもったつぶやきに、ノノが目をみはる。

しかし次の瞬間、グルドはカッと目を見開き、その凶刃を振り下ろした。

「悪く思うなよ、ノノ！　恨むなら母親と……忌み子として生まれた己の運命を恨め！」

「ひっ……!?」

「やめ――！」

ノノが息を呑み、クロガネが悲痛な叫声を上げて――。

その刹那、疾風が駆けた。

「ぐはっ……!?」

濁った悲鳴が河原に響き渡る。

砂利には血潮の花が咲き、生ぬるい風が臭気を散らす。

だがしかし、誰ひとりとして声を発しなかった。

クロガネを含めた全員が目をみはったまま固まってしまっている。

少女を襲った惨劇に言葉を失った……からではない。

ノノに刃を向けていたはずのグルドに代わり、その場に立っていたのが見慣れぬ人間だったから

だろう。

　もちろんシオンだ。

　怯えて縮こまるノノに、優しく声を掛ける。

「安心して。もう大丈夫だよ」

「っ…………へ？」

　ノノは恐る恐る顔を上げ、シオンと目が合うなりぽかんと言葉を失った。

　そんな彼女にやわらかく微笑めば、ダリオが堪えきれないとばかりに笑い出した。

【くっ、ふふふ……見事なヒーローぶりだな、シオン】

（お褒めに与り光栄です、師匠）

　それにシオンは軽くうなずいて返す。

　最初は藪の中から様子を見守るだけにするつもりだった。

　だがしかし、この展開は見過ごせない。

　思わず飛び出して、今に至るというわけだ。

【それよりいいのか？　こいつらは竜人族だ。へたに禍根を作ってしまえば、情報を引き出すのはことさら困難となるぞ】

（それは重々承知の上ですよ）

　彼らは紛れもなく竜人族。

シオンは彼らの族長に話を聞くためここまでやってきた。

もしもこの一連の行為が罪人の処刑といった、彼らからしてみれば正当なものであった場合……決定的な断絶を生んでしまう。

そうした計算くらい、シオンにも簡単にできていた。

しかし、そんなことは足を止める理由にはならなかった。

(困っている人は助ける。他のことは後で考える。それだけですよ)

【ははは、いいぞ。損得抜きでバカをやらかすのも英雄の習性だからな。いやしかし……だ】

そこでダリオは言葉を切る。

ぽかんとしたノノ、倒れたクロガネ、その他の男たち。

そうした光景をじっくりと見回すようにしてから、弾けんばかりの高笑いを上げてみせた。

【なんと愉快な光景だろうか！　くくく……千年の時を超えて、はるばる現世に舞い戻った甲斐があるというものだな！】

(そんなに笑うところあります……？　そこそこシリアスな場面だと思うんですけど)

ウキウキと声を弾ませるダリオに、シオンは首をひねるしかない。

とはいえ、師の情緒はいつもよく分からないところで乱高下するので気にしても無駄だろう。

「ぐっ……う……なんだ貴様は……！」

シオンが思考を切り替えるのとほぼ同時、グルドが茂みから這い出てくる。

しゃにむに飛び込んでぶっ飛ばしたせいで、彼の手にした刀は根元から折れてしまっていた。

しかしグルド自身にはたいした怪我(けが)はない。

腕からわずかに血を流しているものの、それだけだ。

(人の形をしていてもやっぱりドラゴンなんだな……思ったより丈夫みたいだ)

グルドはシオンを睨(ね)め付け、空が震えるほどの声量で吠える。

「何者だ！　名を名乗れ！」

「シオンといいます。ただのお節介焼きですよ」

ノノを庇いながら、シオンは飄々と名乗ってみせた。

そのついでに敵の戦力を確認する。

相手は全員、竜人族。

こうして対峙してみると、誰も彼もが平均的な人間を大きくしのぐ上背と体格の良さを有していることが分かる。おまけにその体からは、有り余るほどの莫大な魔力が感じられた。

(でも……追い払うくらいはできるかな)

シオンは冷静に力量を図り、判断する。

そうする間にも、男たちの間にどよめきが広がっていく。

「この匂い……まさかこいつ、人間か？」

「だが、人間が何故こんなところに――」

ひとりの竜人族がうろたえ、仲間に視線を向ける。

その一瞬の隙をシオンは見逃さなかった。

「細かいことはいいでしょう」

「なっ……!?」

身をかがめてターゲットの懐に潜り込む。

地面に手を突き、伸び上がるようにして垂直に蹴りを放てば顎にクリーンヒット。

竜人族は悲鳴を上げることもなく昏倒する。

「こっ、の……！」

「遅い」

すぐ隣の二名が動き、爆炎と氷柱(つらら)が瞬(また)く間もなく打ち出される。

しかし、シオンは臆(おく)することなく飛び込んだ。

剣を抜いて軽く振るえば、それによって生じた烈風が魔法攻撃のすべてを千々に散らす。

「ぐあっっ!?」

シオンはすれ違いざまに二人を掌底で沈めていく。くぐもった悲鳴が重なった。

こうして一瞬のうちで、三名が地に伏せることとなった。

手下の竜人族たちだけでなく、お頭と呼ばれていた男もまた息を呑む。

挨拶はこのくらいで十分だろう。シオンはゆっくりとかぶりを振る。

「手を出すにしたって穏便にいこうと思っていたんです。でも、こんな卑劣な真似は許せません」

きょとんと目を丸くしたノノを見やってから、シオンは再び一同を見回した。

敵意を笑顔に変えて、一同へと向ける。

「次は全員でかかってきていただいても構いませんよ？　ただ……手加減はできません。それでもいいならご自由に」

「くっ……！　その顔は覚えたぞ、人間！」

グルドが吠え立てたその瞬間、烈風が吹き荒れて彼らのことを攫っていった。

気配が遠ざかっていくのが肌で分かる。

【追わなくてもいいのか、シオン。あの程度、汝なら一発で斬り捨てられように】

（相手の事情も戦力も分からないのに突っ込んじゃダメですって。まずはこの人たちの治療が先です）

シオンはかぶりを振り、地面に座り込んで目を白黒させているクロガネへと歩み寄る。

彼女に回復魔法をかけて、軽く頭を下げた。

「すみません。よそ者が首を突っ込むのはよくないと思ったんですが……出過ぎた真似をしました」

「おまえ……いったい何者だい？」

クロガネは信じられないものを見るような目でシオンを見上げる。

絶体絶命の危機に、都合良く現れた助っ人を心底怪しんでいるようだった。

「おかーさん！」

そこにノノが飛び込んできた。

クロガネにひしと抱きついて、ぼろぼろと涙を流しながら嗚咽をこぼす。

「ごめんなさいなの……！　お外に出ちゃダメって言われてたのに、約束やぶって……ご、ごめんなさい、なの……！」

「ノノ……無事で良かったよ」

泣きじゃくる娘のことを、彼女は力強く抱きしめた。

その光景にシオンが胸をなで下ろしていると、レティシアがやってくる。

すぐそばの茂みで待機してくれていたのだ。先ほどまで真っ青な顔をしていたものの、今そこに浮かんでいるのは満面の笑みだ。

「お疲れ様でした、シオンくん」

「あはは……ごめんね、レティシア。急に飛び出したりして。びっくりしなかった？」

「いいえ。シオンくんならあそこで出て行くって分かっていましたから」

レティシアは首を横に振って、にっこりと笑った。

そんな中、クロガネがため息をこぼして立ち上がる。血と泥に塗れてはいるものの、その立ち姿は凛として気品がある。背丈もシオンよりわずかに高いくらいだ。

彼女は娘を抱いたままシオンのことをじっと見つめて――深々と頭を下げた。

「おまえが何者なのかはさて置いといて……ひとまず助かった。礼を言うよ」

「いえ、たいしたことじゃありません。当然のことをしたまでです」

「わはは！　嫌味なほどに爽やかなやつだね、気に入ったよ」

クロガネは顔を上げてさっぱりと笑う。

ノノもまたおずおずと頭を下げた。

「お、おにーちゃん……助けてくれて、ありがと、なの」

「どういたしまして。きみもケガはない？」

「うん。だいじょうぶなの」

ノノはぐすぐすと鼻をすすりながらも、しっかりと答えてみせた。

その泥だらけの顔を見て、レティシアが慌ててハンカチとあめ玉を差し出した。

「怖かったですよね……甘いものはお好きですか？　これ、よかったらどうぞ」

「わあ！　おねーちゃん、ありがとうなの！」

ノノがぱっと花が咲いたように笑う。

おかげで場の緊張もわずかにゆるんだ。

シオンは男らが消えた方角を見やる。

「同じ竜人族なのにあんな卑劣な真似を……あいつらいったい何者なんですか？」

「ま、そいつはこっちの事情ってやつだよ。まずはそっちのことを教えておくれ」

クロガネはニヤリと笑って肩をすくめる。

口ぶりは軽いものだが、目はわずかにも笑っていない。

少しだけ声を低くしてシオンを見据える。

「やけに腕が立つようだが……修練にでもやって来たのかい？　普通の人間なら、この谷にやって来る理由なんてないはずだしね」

「いえ、ちょっと事情がありまして……」

黒刃の谷は凶暴な魔物が多い上、街道からは大きく外れている。

迷い込む人間も少ないはずで、彼女がシオンらに疑念を抱くのはもっともなことだった。

その冷え切った空気を肌で感じたのか、レティシアが一歩前に出て答える。

「私たち聞きたいことがあって、竜人族の族長様に会いに来たんです」

「……は？」

クロガネが目を丸くしてぽかんとした。

ノノと顔を見合わせて、困ったように頬をかく。

「いや、やっぱり、族長に会いたいと言われてもなあ……」

「やっぱり、よそ者がそんな偉い方にお目にかかるなんて難しいですよね……」

「違う違う。そういう意味じゃないよ」

しゅんっと肩を落とすレティシアに、クロガネはぱたぱたと片手を振る。

そこで、ノノが小首をかしげてみせた。

「おにーちゃんとおねーちゃん、おかーさんのお客さまなの？」

「へ……？」

「なんだ、族長がどんな奴かも知らずにやって来たのかい？」

レティシアだけでなくシオンも言葉を失ったのを見てクロガネは肩をすくめてみせる。

己の胸をどんっと叩いて、ニヤリと笑って言うことには――。

「ようこそ、お客人どの。竜人族の族長はこのあたしだ」

「ええええええっ!?」

ふたりの声が響く中――。

【くっ、くくく……愉快、愉快……】

ダリオは小さな笑い声をこぼすのだった。

二章　襲撃

その里は、巨大な湖に面した小山に存在していた。

ゆるやかな斜面をくり抜いて住居がいくつも建てられており、それらが階段で繋がれている。大いなる自然と人工物が見事に調和した、絶景と呼ぶにふさわしい光景だ。

だがしかし、目を奪われてばかりもいられない。

その上空には何匹ものドラゴンが旋回し、あたり一帯に目を光らせていたからだ。

族長の館は崖の最上部に建っていた。

最奥に存在する謁見の間からは、湖を含む里を取り巻く自然を一望できる。

素晴らしい眺望を背にして、玉座と呼ぶべき椅子が据えられていた。

クロガネはノノを抱いたままそこに腰を落とし、にこやかに告げる。

「改めて名乗らせてもらおう。黒刃の谷、竜人族族長のクロガネだ」

「は、初めまして。シオンです」

「レティシアと申します……」

その真正面に立たされて、ふたりはそろって小さく頭を下げる。

目標としていた人物にこうもあっさり出会えてしまったせいで戸惑っていたのだ。

そんなふたりのことを、クロガネはからりと笑い飛ばす。

「さっきの勢いはどうしたんだよ、シオン。おまえはあたしの客人だ。くつろいでおくれ」

「そう言われましてもね……」

シオンはちらりと周囲をうかがう。

床を覆うのは毛足の長い上等な絨毯（じゅうたん）。背後の壁には大きな肖像が飾られているし、テーブルに置かれた水差しには粒の大きな宝石が光る。

まさに、異国情緒漂う王宮だ。

それだけでも落ち着かないというのに、場の空気がひどく張り詰めていた。

その原因となっていたのは出入り口を固める竜人族たちだ。

全員が武装しており、そろって険しい目をシオンらに向けていた。

中でも特に若葉色の髪をした女性の眼光は刺すように冷たく、レティシアなど完全に縮み上がってしまっている。

しかしそんなことなどおかまいなしに、ダリオは気楽な調子でシオンに話しかけてきた。

【おおっ、あの緑髪の娘はなかなかの上玉だな。シオン、ワンチャン口説いてみてはどうだ？】

(嫌ですよ！　この冷え切った空気の中で、よくそんな冗談が言えますね!?)

【冗談？　我は本気だぞ。ああいう無愛想な女こそ、落ちるときは一気にコロッと落ちるものだ。

年上と遊ぶのもいい人生経験になるぞー】

（だーかーらー……俺はそういうふしだらなイベントは求めてませんってば！）

　こそこそとダリオと念話をする中、クロガネが入り口の彼女らに声をかける。

「ヒスイ、おまえたちは下がっていいよ。勝手に出歩いて悪かったね」

「……」

　ヒスイ、と呼ばれたのは緑髪の女性だった。

　彼女は苛立ちを隠そうともせずに小さく息をつき、クロガネを睨む。

「御屋形様（おやかたさま）。今がどのような状況であるのか、お忘れではありませんか」

「ばっちり覚えているともさ。そこそこ長く生きちゃいるが、まだ耄碌（もうろく）してないからね」

「安心いたしました。このヒスイ、よもや我が主が血迷ったのかと憂慮しておりましたゆえ」

　ヒスイは恭（うやうや）しく頭を下げる。

　しかし次に顔を上げたとき、そこに浮かんでいるのはひどい渋面だった。

　シオンらを顎で示し、彼女は低い声で続ける。

「しかし……まことの話なのですか。そこの人間がグルドを退け、御屋形様とノノ様をお救いした、
というのは」

「信じられないのは当然だよ。あたしもこの目で見てなきゃ疑ってたさ」

「グルドとグル……もしくは、他陣営の斥候（せっこう）でない保証は？」

「そいつはない。だが、こいつらは信用できる。間違いないよ」

クロガネとヒスイは真っ向から睨み合う。

主従の域を超えた熾烈（しれつ）な視線の鍔迫（つばぜ）り合いは、不可視の火花となって場をヒリつかせた。

一触即発の空気の中――。

「あのー……」

シオンはおずおずと手を挙げた。

全員の注目が突き刺さる。

それに臆することもなくシオンはヒスイに深々と頭を下げた。

「お騒がせしてしまって、本当に申し訳ありません。用が済んだらすぐに出て行きます。竜人族の皆さんには、これ以上ご迷惑をかけないようにいたしますので……どうか、しばらくここに留まることをお許しください」

「……多少は礼儀を弁（わきま）えているようだな」

ヒスイは小さく鼻を鳴らす。

面白がるような声色だ。しかし、その眼光が和らぐことはなかった。

「だが、人間の言葉など耳を貸すに値せん。早く消えろ。それと……」

彼女はクロガネへ――クロガネが抱いたままのノノへと目を向けた。

胸に拳を当てて敬礼し、固い声で続ける。

「ノノ様、お守りできずに申し訳ございませんでした。以降このようなことがないよう、私どももも深く肝に銘じます」

「う、ううん。ノノがひとりで出かけたのが悪いし……ノノもごめんなさいなの」

ノノは蚊が鳴くような声で謝罪する。

それを聞き届けてから、ヒスイらは謁見の間から出て行った。

しんと静まりかえった部屋に、クロガネのため息が響く。

「当たりが強くてすまないねえ。みんなよそ者の対応に慣れていないんだよ」

「お気になさらないでください。何か事情があるんだと思いますし」

シオンは軽い笑みを浮かべる。

しばしクロガネは頭をかいて悩み続けていたものの、意を決したように口を開く。

「ま、この際だから正直に言うけど。今この谷は戦争状態なんだ」

「同じ竜人族といがみ合っているんですか……？」

「それもある。さっき、お頭って呼ばれてた奴がいたろ？」

「は、はい。グルドでしたっけ」

ノノに刃を突き付けた、卑劣な男。

おそらく彼のことで間違いないだろう。

「奴はこの里の元ナンバーツーなんだよ」

「元ってことは……離反したとか？」

「そのとおり。ひとりで里を抜けたんだけど、最近は他の里に声を掛けて軍勢を増やして……ああやってあたしの首を狙っているってわけ」

「それはまた……一大事ですね」

「だろ？　おまけに敵はあいつらだけじゃないのさ」

クロガネは指折り名前を並べ立てていく。

「牛頭族、天翼族、スライム族に獄兎族……今はありとあらゆる種族どもが、この谷の覇権をかけていがみあってる状態なんだ」

「えっ……でも、この谷は竜人族が昔から治めているって聞きますけど」

ずっと昔から、ここは竜人族の領土だった。

その他の種族は支配者である彼らに忠誠を誓う。

そうした体制が今になって崩れたというのは、にわかには信じられない話だった。

「それは数年前までの話だよ。あのころ、大きな戦があって……」

クロガネは少し言葉を濁す。

美しい瞳にかすかな陰が落ちたものの、彼女はそれを振り払うようにして大仰に肩をすくめてみせた。

「ま、ともかく数年前に色々あって、我らが竜人族の影響力ってのが地に落ちたのさ。同盟関係にあったはずの他種族からは没交渉をくらったり、領土も頻繁に侵略されたり。そんななか、愛娘の姿が見えないと思ったら……こんな手紙が届いてね」

胸元から取り出すのは一枚の紙切れだ。

クロガネが手を離せばひらりと舞って音もなく炎が上がり、床に落ちるより先に灰も残さず燃え尽きた。

「『ひとりで来なけりゃ娘の命はない』とかなんとか。芸のない脅しだったが……ありゃ本当にヤバかったよ」

「ごめんなさいなの、おかーさん……ノノのせいで……」

「気にするんじゃないよ、ノノは何も悪くない。あのゴミクズ野郎が全部悪いのさ」

小さくなるノノの頭をぐりぐりと撫でまわしてから、クロガネは顔を上げてニヤリと笑う。

「ともかく、シオンがあいつらをぶちのめしてくれてせいせいしたよ。ありがとね」

「い、いえ、当然のことをしたまでです」

シオンは動揺しつつも軽く会釈する。

あの一連の事件を見て何か起きているとは思っていたが——戦争とは物騒にもほどがある。

「ひょっとして……邪竜が復活したって噂と何か関係があるんですか？」

「邪竜……？」

「はい。街で噂になってるみたいなんです」

まず浮かんだのはその疑念だ。

その言葉を口にした途端、クロガネの顔が一気に曇った。

羽虫でも払うようにして手を振ってみせる。

「人間どもはずいぶん古い逸話を知ってるんだね……だが、その話はよしてくれ。思い出したくもないんでね」

「あっ、はい……すみません」

シオンはおずおずと頭を下げるしかなかった。

どうやら、よほど邪竜という存在にいい感情を抱いていないらしい。

（よそ者なのに軽率なこと聞いちゃったな……）

深く反省してから、シオンはもう一度口を開く。

「でも、それならさっきのヒスイさんたちの反応も納得ですよ。そんな大変な状況で俺たちを招き入れていただいて……本当に大丈夫なんですか？」

「なあに、問題ないよ」

クロガネはからりと笑った。

ノノの頭を優しく撫でながら、そっと目を細める。

「おまえはあたしの宝物を……ノノを救ってくれた大恩人だ。礼をしなきゃ気が済まないよ」

「クロガネ様……」

「敬称なんてよしとくれよ。対等にいこうじゃないか」

せせら笑うように肩を震わせてから、彼女は肘掛けにもたれて問う。

「で、だ。あたしに聞きたいことってのは何だい？　大恩人の頼みだ。できる限り答えさせてもらうよ」

「あ、ありがとうございます！」

この里が抱える問題について、気になることは多々存在する。

しかし、まずは本題だ。

シオンはごくりと喉を鳴らしてから、その単語を口にする。

「単刀直入に聞かせてください。クロガネさんは万象紋というものをご存じですか？」

「……おまえは何度あたしを驚かせれば気が済むんだい？」

クロガネはしばし言葉を失ってから頬をかく。

一方、ノノの方はきょとんと目を丸くする。

「ばんしんもん？　おかーさんとかノノのりゅーしんもんとは、ちがうものなの？」

「まったくの別物だよ」

クロガネはひらりと右手を振る。

するとそこに漆黒の神紋が現れた。大きく翼を広げた竜のような形をしている。

人間に限らず、ほとんどの生き物は神紋を有している。そしてそれは種族によって異なる場合が多かった。竜の神紋は、竜神紋と呼ばれている。

「万象紋っていうのは、普通の神紋とは根底から違ってねえ……つーか、シオンはどこでそんなものを知ったんだい？」

「あ、あの……私が原因なんです」

「お嬢ちゃんが？　なんだ、研究者か何かかい？」

おどおどと手を挙げたレティシアに、クロガネは目をすがめてみせた。

これまでの友好的な態度が一転、声に微細な棘のようなものが含まれる。

ため息交じりにぼやくように続ける台詞も、どこか芝居がかっていた。

「そういや昔、神紋関係の研究者か何かが一回来たことがあったねえ。やれ『奇跡の技術だ』だの『失われたままにするのは勿体ない』だの……軽く脅したら二度と来なかったけど」

そこで彼女は一度言葉を切り、じっとレティシアを睨んだ。

「たしかにあたしは万象紋について、それなりに知識がある。だが、悪いことは言わない。あんなものには関わらないのが一番だよ」

「本当に、ご存じなんですね……」

レティシアは胸の前で手をぎゅっと握りしめる。

これまでろくな情報のなかった己の力。その手がかりを知る人物が目の前にいるのだ。

逸る気持ちを抑えきれなかったらしい。

レティシアは己の右手をかざしてみせて——。

「ご覧いただいた方が早いかもしれません。実は私——」

「っ……！」

その甲に幾多の光が宿った瞬間、クロガネが身をよじった。

右手のひらに黒い光が瞬いて——。

ガキンッ！

耳を聾するほどの振動を伴って鈍い音が響き渡る。

一瞬で距離を詰め、クロガネがレティシアに向けたのは、黒いオーラを纏った短剣だった。ただの剣と言うことなかれ。空を切って生み出された風圧は、壁や床に亀裂を生じさせるほど凄まじかった。

それを間一髪、シオンが魔剣の腹で押し止めたのだ。

レティシアを背に庇いながら、シオンは彼女へと叫ぶ。

「く、クロガネさん!?　いったいどうしたんですか！」

「……おまえ、いったい何者だい」

低い声でクロガネが問う。

その目が見つめるのはシオンではなくレティシアだ。

尋常ならざる殺気が空気をビリビリと揺らす。

レティシアは息を呑んだまま立ち尽くしていたものの、やがて複数の神紋が浮かび上がった己の右手を翳し、震えた声を絞り出した。

「……分かりません。私、記憶がないんです」

「何……？」

そこからレティシアは、これまでの経緯を簡単に説明してみせた。

見知らぬ地で倒れていたこと。

すべての記憶を失っていたこと。

己が謎の力を有していたこと。

「そういうわけ、なんですけど……」

「…………分かったよ」

クロガネはしばし目を閉じて、軽い吐息とともにたった一言そう言った。

ゆっくりと短剣を引くと、黒いオーラは消滅してしまう。

そのまま数歩退いて距離を取って、見せつけるようにして剣を鞘に収めてみせた。

「まずはお嬢ちゃんの話を信じよう。シオンも剣を下ろしておくれ」

「……はい」

「ついでに殺気を収めてくれと言いたいところだが……そいつは無理な話かな」

剣を納めないシオンに、クロガネは冗談めかしてニヤリと笑う。

しかし、すぐに眼光を強めてレティシアを睨んだ。

「悪いねえ、そいつにはいい思い出がないんだよ」

「い、いえ……私の方こそ突然すみません」

レティシアはびくりと身を震わせて右手をそっと隠す。

そこに浮かんでいた神紋は消えたものの、冷えた空気を変えることはできなかった。

そんな中、ノノが口を尖らせてクロガネをたしなめる。

「おかーさん、おねーちゃんを怖がらせちゃダメなの。今のはノノもびっくりしたの」

「そうは言うけどねえ、ノノ。お母さんがこの世で嫌いなものは三つあるんだよ」

クロガネは娘の目の前で指を折り、嫌いなものを数えていく。

「あたしに刃向かう敵と、ノノを傷付ける奴。そして万象紋だ」

「それなら三つじゃないの。あと、苦いおくすりとか、辛いごはんも、おかーさんはきらいなの」

「ぐっ……おまえも言うようになったじゃないか。まったく、誰に似たのかねえ」

バツが悪そうに顔をしかめるクロガネだった。

親子のじゃれ合いのおかげで、場の雰囲気がかすかに緩む。

そこでシオンは彼女へとまっすぐ頭を下げた。

「俺たちは万象紋についてというより、レティシアのことについて知りたいだけなんです。教えていただいた情報は悪用しないと誓います。だからご存じのことを聞かせてください」

「わ、私からも！　お願いします！」

「うーん……どうしたもんかねえ」

深々と頭を下げたふたりを前に、クロガネは困ったように頭をかく。

しかしシオンらの真剣さが伝わったのだろう。

やがて諦めたようにして、彼女はぽつりぽつりと打ち明けた。

「実はね……万象紋を持つ人間が、昔この土地にいたんだよ」

「なっ⁉」

慌てて顔を上げれば、クロガネは渋い表情を浮かべていた。

片手をひらひらさせるその所作は、どことなくやけっぱちだった。

「まあ、ここに来てすぐ死んじまったがね。暮らしていた場所もそのままだ」

「そ、それを見せていただくわけには……」

「見せてやりたいところだが、あたしの一存じゃどうしようもないんだよ」

クロガネは盛大なため息をこぼしてみせた。

心底思い出したくもないとばかりに、

「大昔、とあるクソ野郎と約束しちまったのさ。万象紋に関することは誰にも……うん？」

「？　どうしたんですか、クロガネさん」

そこで、クロガネが虚を突かれたように唸って固まった。

丸く見開かれた目は一点だけを見つめている。

首をかしげるシオンだが、すぐに彼女の視線の先にあるのが何なのか察した。自分が手にする、師から受け継いだ大切な魔剣だ。

彼女は震える指先を魔剣へ向ける。

「ちょっと待ちな、シオン。おまえ、その剣……」

「は、はい？　剣って、これのことですか？」

「うげっ……!?」

鞘に納めて掲げてみせれば、クロガネが大きく飛び退いた。

その途端、彼女の顔は青ざめて髪の毛もぶわっと逆立ってしまう。

ノノを守らんとしてぎゅっと抱きしめつつ、クロガネは裏返った声で叫んだ。

「なっ、何でそんなものがここに……！　おいこらシオン！　そいつをいったいどこで手に入れたんだ!?」

「えっ？　えーっとですね……」

正直に答えるならば『もらった』と言うべきところだ。

だがしかし、シオンは考え込んでしまう。

（そういえばこの剣、大昔いろんな猛者(もさ)が奪い合ったんだったよな……）

邪竜のエピソードと同じくらい有名な逸話だ。

さまざまな種族が入り乱れる大戦争――それに勝ち抜いてダリオがこの魔剣をもぎ取った。それをシオンが先日受け継いだのだ。

クロガネも竜人族族長という肩書きを有するだけあって、かなりの長さを生きているのだろう。

ひょっとすると、その大戦に関わっていたのかもしれない。

（どうしましょう、師匠……秘密にした方がいいですよね？）

【ああ？　別にかまわん。汝の好きにしろ】

当のダリオに聞くと、投げやりな返事が飛んでくる。

なのでシオンはハキハキと答える。

「えっとその……そのへんの山で拾いました！」

「んなわけないだろ！　そいつはあのクソ野郎の――」

クロガネが唾（つば）を飛ばして声を荒らげる。

そのまま何事かを叫ぼうとした、その瞬間。

「っ、あぶないの！」

ノノがハッとして空を仰いだ。

それと同時、シオンらの頭上に影が差し――。

ドガァッッッ!!

族長の館を大轟音が揺るがした。

もうもうと砂塵が上がる中、ヒスイらが武器を構えて謁見の間に駆け込んでくる。

「何事ですか御屋形様！」

「ご無事ですか!?」

そして彼女らは目の前の光景に言葉を失った。

謁見の間は半壊していた。

天井と床が球形にえぐれており、大きな亀裂が部屋中に広がる。

そんな中、生ぬるい風が駆け抜けて砂塵のヴェールを取り去った。

そこに立っていたのは、三人を背に庇ったシオンである。

咄嗟（とっさ）に展開した魔法障壁を解除して、振り返ることなく真後ろに声を掛ける。

「みんな、無事ですか」

「は、はい。ありがとうございます、シオンくん」

「はっ、まーた助けられちまったねえ」

「ううう っ……おかーさん……」

震えるノノの頭を撫でてから、クロガネはゆっくりと空を見上げる。

そうしてふっと自嘲（じちょう）気味な笑みを浮かべてみせた。

「おまえたちを巻き込みたくはなかったんだけど……どうやら手遅れみたいだねえ」

「はい。そのようですね」

『グルァアアアアアアア！』

それはまるで、号砲のような雄叫びだった。

天地を揺るがす大咆哮を上げるのは、数メートルもの身の丈を誇る巨大なドラゴンたちである。

ずんぐりと太ったもの、大小様々な傷を持つもの、邪悪な覇気をまとったもの。

色も形も様々なドラゴンたち。その数およそ三十匹以上。

それらが里の上空をぐるりと取り囲んでいた。

「グルドの軍勢か……！」

彼らに覆い尽くされた空を見上げて、ヒスイが忌々しげに舌打ちする。

空には暗雲が立ちこめはじめ、眼下に続く里からはいくつもの悲鳴が聞こえてきた。

それらの声をかき消すようにして、空の一匹が哮り立つ。

『先ほどは世話になったな、族長どの』

獣の咆哮とともに、忌々しげな声が直接頭の中に流れ込んできた。

他のドラゴンたちも次々と吠え猛る。

『あれで勝ったなどと思わぬことだ！　今日こそ貴様の命運が尽きるとき！』

『人間などという下等生物と手を組むなど、竜の恥晒しめ！』

『オレ、オマエ、コロス！』

なおも吠え続ける彼らに、クロガネは「はっ」と小さく笑う。

「恥晒しねえ……グルドのやつ、あんなお粗末な計画であたしの首を取ろうとしといて、よくもまあ抜け抜けとほざけたもんだよ」

ひとり感心するクロガネをよそに、竜人族の兵士たちは顔を見合わせる。

「グルドのやつ、本当にあの人間にやられたのか……？」

「無駄口は後にしろ！　そんなことより、御屋形様とノノ様は奥へ！　まずは私が出る！」

凜とした声で言い放つのはヒスイだった。

武具を放り出し、彼女は空を睨みあげる。

その目が爬虫類のそれへと転じ、紫電が体を取り巻きはじめた。竜人族は人と竜、どちらの姿も自由に取ることができるのだ。

「待ちなよ、ヒスイ」

しかし、その変身をクロガネが静かな声で制して止めた。

空をざっと見回して、呆れたように肩をすくめる。

「あいつら……見る限りどいつもこいつも齢五百を超える古竜ばかりだ。いくらおまえたちでも荷が重いだろう。あたしも出るよ」

「っ、いけません！　今の御屋形様では……！」

「おいおい、あたしを舐めるんじゃないよ。これでも何百年と、おまえたちの頭を務めた女なんだからね」

　クロガネはせせら笑いながらそう言って、ノノを床に下ろそうとする。

　そこにシオンが声を掛けた。

「あの、クロガネさん。ちょっといいですか」

「っ、口を挟むな人間風情が！　これは我らの問題だ！」

「かまわないよ。どうしたんだい、シオン」

「これ……たぶん俺が首を突っ込んだせいだと思うんですよね」

　ドラゴンと人間とでは、寿命も魔力量も桁違いだ。

　そんな相手に撤退を演じたとあって、彼らは相当矜持を傷付けられたに違いない。

　おまけにノノを人質に取るという作戦も失敗に終わった。

　そんなわけで、敵陣突撃という強攻策を採ってしまったのだろう。

　つまり、事態のきっかけを作ったのはシオンということになる。

「だからその、この際ですし……もっと首を突っ込んでもかまいませんか？」

「……まさか、おまえ」

「はい。そのまさかです」

　何を言わんとしているのかクロガネは察したらしい。

　シオンは彼女へ軽くうなずく。

　そこで、ひときわ強い風が巻き起こった。

細かな破片が舞い上がり、空へと吸い込まれていく。

『覚悟しろ！　死に損ないめ！』

一匹のドラゴンが大きく口を開く。

その喉の奥で恒星のような小さく強い光が瞬いて、次第にその輝きを増していく。

尋常ならざる力が凝縮され、今にも放たれようとしているのが肌に伝わった。

（なんだかこの前の試験を思い出すけど……こっちの方がパワーは上だな）

先日、デトワール山の試験で戦った青いドラゴン。あのときの個体もなかなか歯ごたえのある敵だったが、こちらの方が格上だ。

それにシオンは――目を輝かせる。

（さすがは多くのドラゴンが暮らす黒刃の里……本場は違うな！）

そんなことを呑気に考えているうちに、相手のパワー充塡（じゅうてん）は済んだらしい。

刹那、あれだけ荒れ狂っていたはずの風がぴたりと止まる。それが合図だった。

ドラゴンの体が大きく膨らんだように見えたかと思えば――喉の奥で光が十字に弾け、目のくらむような白光がまっすぐこちらへ打ち出された。

「御屋形様！」

「ひいっ……！」

ヒスイが叫び、ノノはクロガネへと抱きついた。

舞い上がった破片を灰も残さず灼き尽くす波動砲が、すぐ目の前まで迫り――。

「それじゃ、いきます」

シオンはあっさりと宣言して剣を抜いた。

そしてステップを踏むように軽く跳躍。眼前に迫る灼熱の光線をまっすぐ見据えてただ一閃。

その斬撃は灼熱の光線を勢いよく押し返し、空へと大風穴を開けた。

そして体をねじって、とどめのもう一閃――！

「はあああっ！」

『グギァッッ!?』

魔剣の一撃を喰らったドラゴンは墜落し、湖へと落下。

崖の真上にまで届くほどの飛沫を上げた。

やがて青く澄んでいたはずの水にじわじわと赤が広がって、むせ返るような臭いが漂う。

空に震撼が走る。眼下の里も静まりかえった。

そんな中、シオンは跳んだときと同じくらいの軽さで床へと着地する。

崩れ落ちた縁のギリギリに立って、魔剣の切先をゆっくりと空へと向けた。

そうして並み居るドラゴンたちへ告げるのは、己の名だ。

「俺の名前はシオン。わけあって一時的に、竜人族の傘下に入った者です」

そこで背後を振り返り、恭しくクロガネを示す。

当の族長本人ばかりかノノやレティシア、ヒスイたちまでもが全員言葉を失って固まっていたものの、シオンはかまうことなく胸に手を当てて続けた。

「あなた方ごとき、みなさんの手を煩わせるまでもありません。頭目のグルドさんはどこですか、この俺が直々に相手になりましょう」

しんと静まりかえった空に、その声はよく響いた。

ドラゴンたちは何の反応も示さない。

突然出てきた闖入者に意表を突かれてしまったのだろうか。

そんななか、ダリオが火花が爆ぜるような笑い声を上げた。

【わはは、なかなかいい宣戦布告ではないか！　気に入ったぞ！】

（そうですか？　ありがとうございます、師匠）

シオンはほんのわずかに相好を崩す。

（一回こういうのやってみたかったんですよね。だって、なんか英雄っぽいじゃないですか！）

【うむうむ、我もよくやったものだ。敵だけでなくギャラリーまで圧倒してこそ英雄であるからな】

（ですよね。ここからの大進撃、見ていてくださいね）

【ふむ？　なるほど、汝はこの竜たちすべてを相手取るつもりだと？】

（当然です。だってせっかく竜人族の本場に来たんですよ、戦わなきゃ損です）

先ほど河原で一戦交えたものの、竜と戦った実感はまるでない。

そういうわけで、シオンは大々的な戦闘を望むのだが――。

【そうかそうか、くくく……なるほど、我が弟子は運も強いというわけだ】

（し、師匠……？）

ダリオはくつくつと笑ってみせた。

そうして師は簡潔に告げる。

【空を見てみるがいい、シオン】

「へ？　あ、あれ？」

言われるままに空を見上げ、シオンは間の抜けた声を上げる。

空は、相変わらず静かなままだった。

先制の挨拶は成功した。

よって、次に彼らが取るのは怒り任せの突撃だと予想していた。

人間などという下等生物に、仲間のひとりがやられたのだ。ムキになってかかってくるのは目に見えていた。

それなのに、いつまで経っても空中のドラゴンたちは動こうとしなかった。

爬虫類じみた顔立ちはのっぺりしていて、普通なら何を考えているのだか分からないはずだろう。

それなのに彼らの顔から血の気が引いていくのが、シオンの目にも明らかだった。

やがて、その中の一匹がゆっくりと口を開く。

『お……』

「お？」

その口は雄叫びを放つでも、ブレスを打ち出すでもなかった。

引き絞ったようにこぼれるのは——悲鳴じみた鳴き声だ。

『お、お頭がやられたぁ!?』

「……へ？」

シオンはぽかんと目を丸くする。

その鳴き声に触発されるようにして他のドラゴンたちも喚(わめ)きだす。

先ほど高みから啖呵(たんか)を切っていた者たちから放たれているとは思えないほど、彼らの声はぴーぴーと弱々しかった。

『何だあいつは!?　本当に人間か!?』

『あ、あんなのがいるなんて聞いちゃいねえぞ……！　楽に落とせる里なんじゃなかったのかよ！』

『オレ、アイツ、コワイ……！』

「あ、あのー……」

『っ……!?』

お手本のような狼狽っぷりに、シオンは思わず声を掛けてしまった。

ドラゴンたちがぴたりと口をつぐんで注視する。

その体から大粒の汗が滴って、湖にいくつも波紋を生んだ。

ドラゴンって汗をかくんだな……なんて学びを得つつ、シオンはおずおずと剣をかざして問うのだが――。

「えっと……皆さん、戦わないんですか？」

『イギャアアアアアアアアアア!?』

それが合図となった。

ドラゴンたちは一斉にターンして、明後日の方角へと飛び去ってしまう。

あっという間に彼らの姿は山の向こうへ消えてしまい、太陽を遮るものはなくなった。ぽかぽかした日光が、赤く染まった湖を照らし出す。

里も、ヒスイたちもしんと静まりかえったままである。

そんな中、ただひとりクロガネだけがゆっくりと歩み寄ってくる。

「シオン。おまえが軽々とぶった斬ったのはね……」

そこで言葉を切って、彼女はひょいっと湖をのぞき込む。

うわっと顔をしかめてから、シオンの肩をぽんっと叩いた。

「謀反を率いたグルド本人なんだよ。さっき川で会っただろ？」

「いやその、ドラゴン形態だとどれが誰か分からなくって……先走ってしまってすみませんでした」

「何を言うんだい、おかげで被害が最小限で済んだよ」

クロガネはシオンの魔剣をちらりと見やる。

その目が物言いたげに揺れたものの――彼女はかぶりを振ってから、さっぱりと笑ってみせた。

「その剣のことはまた今度聞かせてもらうとして……ともかくありがとね、救世主さん？」

「ど、どういたしまして……？」

【くっくっく、せっかく練った策が台無しだなあ、シオン？】

笑みを強張らせるシオンに、ダリオはニヤニヤとヤジを飛ばした。

三章　千年前の残滓

襲撃を受けた次の日、竜人族の里は後片付けなどに追われていた。

あのときクロガネが言ったように被害は最小限で済んだようだが、ゼロだったわけではない。

最初の先制攻撃はシオンらのいた謁見の間だけでなく、里のあちこちに被弾していた。

死者こそ出なかったようだが、居住スペースが少し崩れて負傷者が大勢出た。

そして何より彼らの頭を悩ませたのは赤く染まった湖だった。

そこに落ちたはずのグルドの遺体が一向に浮かんでこなかったのだ。

早く引き上げなければ初夏の日差しが容赦なくその腐敗を進めてしまう。貴重な水源が汚染され、あたりの動植物に疫病(えきびょう)をまき散らす恐れがあった。

しかし、竜人族は鼻がいいらしい。

彼らは臭気に当てられて潜ることができず、湖のまわりに集まって途方に暮れていた。

よって、シオンが名乗りを上げたのだ。

「《アクア・フォール》！」

片手を翳して呪文を唱えたその瞬間、湖すべての水が上空へと浮き上がった。

真っ赤に染まった巨大な水球がぷかぷかと揺れる。

その真下……湖底を見下ろして、シオンは首をひねった。

「あれ？　グルドって方、いませんね」

「な、何だって⁉」

ひとりの若い竜人族が、シオンの隣から同じようにしてのぞき込む。

湖底には多くの魚がぴちぴちと跳ねていた。

しかしその中に、大きなドラゴンの姿はどこにもない。

竜人族は呆れたように顔をしかめて言う。

「まさか逃げたのか……？　相当な怪我を負っただろうによくやるよ、ほんと」

「ともかくいったん戻しますね。《クリア》」

シオンが指を鳴らせば、水球は青く透き通った色を取り戻した。

そのままゆっくりと降りていって、ぱちんと弾けて元通りの湖面の出来上がりだ。

「またすごい規模の魔法を使うんだな……」

それを見て、竜人族は呆気（あっけ）にとられるばかりだった。

ほかにも十名ほどが集まっていたが、他の者たちは全員ぽかんとして湖を見つめている。

そんな彼らにシオンは声をかけるのだが――。

「えっと、どうしましょう。俺も捜索のお手伝いをしましょうか？」

「は……？　い、いや……さすがにそれは俺たちで何とかする」

「そうですか。それじゃ、後のことはお任せします。またお困りのことがあったら呼んでください」

「う、うむ。手を煩わせて悪かったな」

竜人族はしっかりとうなずいてくれたが、結局最後までシオンと目を合わせなかった。

彼らに別れを告げて、シオンはひとまず族長の館へと足を向ける。

その背中越しに、ひそひそと小さな声がいくつも聞こえた。

「族長様、どこであんなバケモノを拾ってきたんだ……？」

「さあ……」

「ほんとに人間なのか、あれ……」

どれもこれもドン引きといった声色だった。

シオンはこっそり首をひねる。

先日、ひょんなことから強くなったせいで、元いた町でも似たような反応をされた。

だがしかし、あの町とここでは決定的な違いがある。

「俺くらいの強さのやつなんて、竜人族にとってはありふれた存在なんじゃないのかなあ……なんであんなに遠巻ききなんだろ」

【なに、本気で分からんのか】

シオンの独り言に、ダリオは呆れたようにツッコミを入れる。

【たとえばの話。一匹の蟻が屈強な戦士をボコっているのを見たらどう思う？】

「えっ、そうですね……うーん」

ちっぽけだと思っていたはずの存在が、もしも常識外れに強かったら——。

シオンはしばし考えてから、はきはきと答える。

「一回その蟻さんとお手合わせしたいな、ってワクワクします！」

【……汝のような馬鹿はそうでもな、普通は『近付かないでおこう』となるものなのだ】

ダリオはやや言葉に詰まってから、ため息交じりに諭してみせた。

ぶつぶつと【育て方を間違えたか……？】などとぼやいていたものの、気を取り直すようにして淡々と続ける。

【奴らにとって、人間は総じて下位の存在なのだ。そんなのがそれなりの古竜を一撃でぶった切れば、そらもう天地がひっくり返るような衝撃なのは当然であろう】

「そういえばここに来て、人間だからどうこう言われることはあっても、神紋を持たないことをあれこれ言われた記憶はありませんね……」

立場が変われば見方も変わるということか。

一応は納得するシオンだが、やはりまだ引っかかるものがあって首をひねる。

「でも、あのドラゴンあんまり強くなかったですよ？」

【だから何度も言っているだろう、己を基準にするなと。汝はこの英雄ダリオが直々に鍛えた弟子なのだぞ。ここの者ども基準でも規格外に決まっておろうに】

首をかしげるシオンに、ダリオはふんっと鼻を鳴らす。

小馬鹿にするような物言いだが、台詞自体は得意げだ。

分かりやすいツンデレっぷりにシオンは苦笑を浮かべるものの、ふと眉を寄せてしまう。

「なるほど……でも、俺がちょっと戦っただけでこれなら、師匠が実体化して出てきたらもっと驚かせちゃいますね。師匠、そのときはちゃんと大人しくしてくださいよ」

【くっくっく、それは保証できんなあ。何しろ我、派手好きゆえ】

「分かってた返答だ……でも、本当にいつ出てくるんです？　てっきり昨夜のうちに乱入するものかと思ったんですけど」

【うむ、あの宴席で出て行っても良かったのだがな】

昨夜はレティシアともども、クロガネの屋敷に泊めてもらった。

そこで贅（ぜい）を尽くした食事で歓迎されたのだが、ご馳走に目がないはずのダリオが一向に出てこなかったのだ。

ダリオはニタリと言う。

【お披露目なら、もっといい機会があるだろう。我はそれを待っているのだ】

「そんな勿体ぶらなくても……あっ」

そこでシオンはダリオの宿る魔剣をまじまじと見つめる。

昨日の襲撃でうやむやになったものの――。

「そういえば、クロガネさんはこの剣のことをご存じみたいでしたけど……ひょっとして師匠とはお知り合いなんですか？」

【なんだ、バレたか】

ダリオはあっさりと肯定してみせた。

【そうとも、あいつは我の知人だ。まさかまだここにいるとは思わなかったがな】

「へえ……クロガネさんってやっぱり長生きなんですねえ」

人間としての見た目は二十代くらいのため、なんだか不思議な気持ちだ。

とはいえそれを言い出すと、この魔剣に入った師はもっとでたらめな存在だし……そこでシオンはハッとする。

ダリオと、この地に住まう千年前の知人。

このふたつから連想されるものなんて、ひとつしか考えられなかった。

シオンはおそるおそるその疑問を口にする。

「まさか師匠……クロガネさんは――」

邪竜と何か因縁があるのか、と聞こうとした。

しかしダリオはあっさりとこう答えたのだ。

【もちろん食ったが？　性的な意味で】

「そういうことを聞きたかったんじゃありませんよ!?」

思わず大声で叫んでしまって、背後の竜人族がぎょっとして振り返った。

たしかにクロガネは男勝りだがかなりの美人だ。そして師匠は女好きという悪癖を持っている。

そう考えると至極当然の事実ではあるものの……ちょっと受け止めきれなかった。

シオンは頭を抱えるしかない。

「師匠は倫理観ゼロだって嫌というほど分かってましたけど……人妻に手を出すとかさすがにどうかと思います！」

【バカを言え。あの頃あいつは独り身だった】

「そ、そうなんですか……？」

【うむ。当時はそりゃもうヤンチャだったものよ、我にもあれこれ楯突いてな】

ダリオはくすりと柔らかく笑い声をこぼす。

遠い日々を懐かしむような声色であったが、すぐにそれは下品な哄笑(こうしょう)へと変化した。

【ま、それでもベッドの上では可愛いものだったがなあ！　だーっはっはっは！　あんなに初心(うぶ)だったクロガネが、今や子持ちとは……時の流れとは分からぬものだわなあ！】

「師匠、あの人の前に顔を出さない方がいいんじゃないですかね……」

シオンも次にクロガネに会ったとき、どんな顔をしていいか分からなかった。

邪竜のことを聞ける空気でもなくなって、ため息をこぼすしかない。

「何をしている、人間」

そんなとき、冷え切った声が背に突き刺さった。

ダリオもぴたりと口をつぐむ。声の主に興味を引かれたらしい。

針のような視線を受けつつも、シオンはその場でゆっくりと振り返り、軽く頭を下げた。

「ど、どうもこんにちは、ヒスイさん。昨夜はお世話になりました」

「仮にも貴様は御屋形様の客人だ。もてなすのは当然だろう」

鼻を鳴らして答えるのは竜人族の戦士、ヒスイである。

その後ろには何人もの武装した兵士が控えている。

誰も彼もがシオンに険しい目を向けていたものの、ヒスイに比べればマシな方だった。

彼女は射殺さんばかりの殺気を放ちながら、シオンをまっすぐに睨め付ける。

「こんな何もない場所で、ひとり何をぶつぶつと喋っているのだ。妖しい呪いでもかけているのではあるまいな」

「滅相もないです……！　ちょっと俺、独り言が癖でして！」

シオンはあたふたと弁明する。

周囲に人がいないからと、念話にしなかったのがまずかった。

ヒスイは眼光をわずかにも緩めることなく、シオンの一挙手一投足を観察する。槍を持つ指先が白くなるほど、その手には力が入っていた。

「いいか、人間。昨日のドラゴンどもを蹴散らしてくれたことには感謝している。だが、私たちは決して貴様を認めたわけではない。それをゆめゆめ忘れぬことだ」

「わ、分かっています。皆さんの邪魔にだけはなりません」

それが、よそ者にできる精一杯の心構えだ。

シオンもまたまっすぐにヒスイを見据える。

しばしふたりの間に言葉はなかった。ただ湖畔から静かな風が吹くだけだ。

先に視線を外したのはヒスイの方だった。かぶりを振ってから里の真上、族長の館を指し示す。

「ならいい。早く館に戻って――」

「団長、人間相手に遠慮する必要なんてありませんよ」

そこに口を挟んだのは、彼女の後ろに控えていた戦士のひとりだった。

体格のいい男の竜人族で、ずいっと一歩前に出てシオンと対峙する。その目に浮かぶのはありありとした敵意の色だ。手にはヒスイと同じ槍を携(たずさ)えている。

「あいつを……裏切り者のグルドを倒したのだって、きっとまぐれに決まってる。もしくは何かカラクリがあるんだろう」

「人間め！　早く俺たちの里から出て行け！」

「そうだそうだ！」

「っ……やめろ、おまえたち！」

他の者たちも同調して騒ぎ立てる。

ヒスイは彼らを静めようとするものの、一度点いた炎は燃え上がるばかりだった。

「ここは、人間風情がいるべき場所ではない！」

「っ……！」

男が動く。その足運びは独特で、まるで氷の上を滑るようにして瞬く間もなくシオンの前へと躍り出た。眼前に迫る、冷えた切っ先。

昨日の河原では不意を突いたため、竜人族に先手を打たれるのはこれが初めてだった。

魔力の気配は感じない。単純な身体能力だけでこのスピードを成し遂げている。

人間の形をしていながら、人間ではけっしてありえない彼の動きにシオンは少し面食らう。

しかし——それだけだ。

「すみません」

「っ……!?」

男の手首を瞬時に極めて、ほんの少し外側へとひねる。

彼が落とした槍を膝で蹴ってキャッチ。くるりと回せば、勢いのままに飛び込んできた相手の首筋に切っ先がひたりと添えられた。

こうして彼は蒼白な顔で凍り付く。囃し立てていた者たちも、ヒスイもまた同様だ。

おそらく誰も、今のシオンの動きが視認できなかったのだろう。

ダリオがくつくつと笑う。

【くっくっくっ……お優しいことだなあ、シオン。不届き者に手加減してやるとは。我ならこんなバカ、再起不能になるまでボコって躾(しつ)けるところだが】

（まあ、この人たちがイライラする理由も分かりますしね……）

装備を見るに、日頃から里を守っていた者たちなのだろう。それがぽっと出のよそ者、しかも人間などに守られる形になったのだ。面白いはずがない。

ゆえにこの場は話し合いで収めるのがベストだった。

瞳を泳がせる彼へ、シオンは軽く頭を下げて頼む。

「お騒がせして申し訳ありません。お互い怪我をする前に、こんな喧嘩はやめにしませんか？」

「くっ、貴様……！　我らを侮辱するのもいい加減に――」

男の顔が怒りで真っ赤に染まる。

しかし――。

「やめな、見苦しい！」

折良く響いた怒声によって、その色は瞬時に消え去った。

男は慌ててシオンから身を引くと、他の面々と同じようにして胸に手を当てて敬礼する。

そこにやってくるのはクロガネその人である。

彼女は一同をじろりと睨め付けてから、シオンに仕掛けた者を鋭い目でまっすぐ射貫く。

「あたしの客人にずいぶんなご挨拶じゃないか、ハヤテ。手出しするなと言ったはずだけど？」

「ぐうっ……し、しかし族長様！　こいつは人間です！」

大きく息を呑んでから、ハヤテと呼ばれた兵はシオンを指さした。

「里の一大事という時期に他種族……しかも人間を招き入れるなど、いったい何を考えていらっしゃるのですか！　掟（おきて）に反する行為です！」

他の者たちも、彼と同じ主張を瞳で物語っていた。

クロガネはやれやれと肩をすくめてみせる。

「……まあね、そいつは否定しないよ。だが、おまえたちだって本当は分かってるんだろ。昨日の窮地をくぐり抜けることができたのは、紛れもなくこいつのおかげだ」

「それは結果論に過ぎません！　里の総力を挙げれば、やつらなど――」

「ああ、そうだろうね。おまえたちはうちの主戦力だ。生半可な力は有しちゃいない。全員でかかれば十分に勝てただろう」

その場の顔ぶれを見回して、クロガネは鷹揚（おうよう）に首肯する。

シオンも彼女と同意見だ。この場に居並ぶ戦士たちは決して弱くはない。昨日のドラゴンたちを相手取ったとしても、惨敗を喫することはなかっただろう。

クロガネはニヤニヤと笑っていたが――そこでふと、その笑みを取り払う。

冷え切った目でもってして、彼女はハヤテにこう問うた。

「だが、その後は？」

「その後……ですか……？」

「ああ。たしかにあの勝負には勝てただろうさ。だが、決して無傷では済まなかったはずだ。そこを他の勢力に突かれてみなよ。最悪、一気にここは崩されていた」

戦士は言葉を失ってしまう。残りの者たちもそうだった。

誰ひとりとして反発の声を上げなかったのは、指摘されるよりも前から、全員うっすらと分かっていたことなのだろう。

「今がまだ小競り合いで済んでいるのは、うちがわずかに戦力で勝っているからだ。隙を見せれば一気にかかってくるよ」

そう言って、クロガネはシオンの肩にぽんっと手を置く。

「今回は結果的に、シオンっつー不確定要素が盤面を引っかき回してくれたおかげで助かった。ひとりでドラゴンの集団を追い返す人間だよ？　よほど血に飢えた奴らでも、当分様子見しようってなるさ。つまり、当分うちは平和ってことだ」

「し、しかし人間などの手を借りるなど、竜人族としての矜持が……」

「くっくっく、粘るねえ。だが……こいつが本当に、タダの人間に見えるのかい？」

「えっ？」

「は、はい？」

クロガネの台詞に、ハヤテどころかシオンまでもが目を丸くしてしまう。

戸惑う場の面々をよそに、彼女がいたずらっぽく言うことには——。

「世の中には、喰らった相手の毒を蓄える変わった生物がいるらしい。シオンもあれほどの強さだよ？　ひょっとしたら……あたしらのようなドラゴンを食って、力を付けたバケモンなのかもしれないよ？」

「ひっ……！」

「してませんよ、そんなこと！」

慌ててシオンは否定するが、突っかかってきたハヤテどころかヒスイを含むその場の全員が数歩引いて距離を取った。

彼らの顔には『マジでやってそうだ……』という色濃い納得が読み取れる。

「つーわけで、こんな危険物にはお触り厳禁。分かったね？　分かったら任務に戻りな」

「はっ、はい！　失礼いたします！」

しっしとクロガネが手を振ると、彼らは素早く敬礼を取って散っていった。

こうして無事に揉め事は収まった。

しかしシオンは眉を寄せるしかない。

「ちょっとクロガネさん、助け船を出していただいたのは感謝しますけど……今のはいったい何なんですか」

「ふふ、どうせ何言ったって納得しないんだ。だったら脅した方が早いだろ」

「そんな乱暴な……」

思わず真顔になってしまうシオンをよそに、ヒスイがきびきびとした足取りで近付いてくる。何かと思えば、彼女は規律正しくクロガネに頭を下げてみせた。

「申し訳ございません、御屋形様。私の監督不行き届きでした」

「いいってことさ。不満が出るのは分かってたことだ」

それをクロガネは軽く流す。

シオンのことをちらりと見やり、高々とそびえる里へと目を向ける。

「おまえも色々と思うところはあるだろうが……あいつらのフォローと、里の警固は任せたよ。何しろうちに反感を覚える数ある勢力の内の、たったひとつを追い払っただけに過ぎないんだからね」

「承知しております。では、私も任務に戻りますが……人間よ」

「は、はい。なんで……!?」

呼びかけられてハッとするが、すぐにシオンは目を丸くしてしまう。

ヒスイがあろうことか、自分に向かって頭を下げたからだ。

きちんと揃えられた手足からは、ただひたすらに真摯（しんし）な気持ちだけが伝わってくる。

「今のは先に手を出した我らに非がある。本当にすまなかった。やつらには後でキツく言い聞かせておく」

「そんな……！　こちらこそお騒がせしてしまって申し訳ないです！　頭を上げてください！」

シオンはあたふたするしかない。

その言葉が功を奏したのか、すぐに彼女は顔を上げて——。

「そのかわりと言っては何だが……」

「はい？」

きゅっと眉を寄せ、困ったようにヒスイは続ける。

「あいつらを食べるのだけは、どうか勘弁してもらえないだろうか。血の気は多いが、私にとっては大事な部下たちなんだ」

「ヒスイさんまで!?　だから食べませんって！」

いわれのない濡れ衣に、シオンは裏返った声で叫ぶしかない。

そんななか、ダリオは気楽な調子で相槌を打った。

【ちなみに、ドラゴン肉は高純度の魔力の塊だ。普通の人間なんぞが食えば、魔力中毒になって最悪死ぬ。だが、そこそこ生きたドラゴンは脂が乗って美味いんだなあ、これが。熟成したドラゴン肉を厚切りステーキにすると、香ばしい脂の匂いがもーたまらん】

（食べたら死ぬって言ってるのに、食べたことあるような感想ですね……）

【ドラゴンに並ぶ程度の魔力量があれば食っても死なんわ。汝もそれだけ力を付けたのだから、たぶん食えるぞ。今度狩りにでも出かけるか？】

（そこそこ魅力的な誘いなのが始末に悪いですよ！）

師とドラゴン狩りとバーベキューなんて、楽しいに決まっていた。

しかしそれを実行してしまったが最後、竜人族からはこの先ずっとドン引きの眼差しを受けることになる。長居するつもりはないとはいえ気まずい話だ。

「ちょっとクロガネさん！　いい加減に何とか言ってくれませんか!?」

「わはは、食わねえようにあたしが見張ってるさ。安心しな」

「そういうことじゃなくって、根本的な否定をですね……!?」

「はっ、よろしくお願い申し上げます」

それを聞いて安心したのか、ヒスイは真顔で去っていった。

彼女の背中を見送ってクロガネはからからと笑う。

「あいつは昔からバカが付くほど真面目でねえ。おかげでからかい甲斐がある」

「はあ……それにしたって、やっぱり酷いじゃないですか。あれじゃあ、みなさんからの印象がますます悪化しますよ」

「何言ってんのさ、元はといえばおまえが里をウロチョロするから目を付けられたんだろ？」

「うっ……」

それについては返す言葉もない。

シオンが黙り込んだのを見て、クロガネは芝居がかった調子で肩をすくめる。

「まったく、おまえもお嬢ちゃんも……ここで歓迎されていないことくらい分かるだろ。大人しくしてりゃいいものを」

「みなさんお困りでしょうし、そういうわけには……って、レティシアもそうなんですか？」

「ああ。あっちこっち回って、怪我人を看てくれているよ」

ニヤリと笑うクロガネだった。

回復魔法が得意なレティシアなら、たしかにこんなとき大いに人々の役に立つだろう。

しかしシオンは胸騒ぎを覚えるのだ。

「大丈夫でしょうか？　俺も治療所を手伝おうとしたんですが、門前払いでしたよ」

この里でのよそ者への当たりが強いのは嫌というほどに理解できた。

怪我人の治療など任せてくれるはずもない。

だが、クロガネはあっけらかんと言ってのける。

「たしかに最初は追い返されたようだが、さっき見たら引っ張りだこになってたよ」

「へ？　そうなんですか？」

「うちでも回復魔法を使えるやつは限られるからねえ。お嬢ちゃんの人柄もあってか、ガキどもにすっかり懐かれていたよ」

「そうですか……よかったあ」

シオンはほっと胸を撫で下ろす。

自分がどれだけ冷遇されようが気にしないが、レティシアが受け入れられているのが心の底から嬉しかった。

クロガネは心底おかしそうに、肩を震わせてくつくつと笑う。

「つくづく物好きな連中だよ。まあでも……番(つがい)は似るって言うものねえ。お似合いだよ、おまえたち」

「……はい？」

ほっと和んでいたシオンだが、その台詞でぴたりと固まってしまう。

番。あまりにストレートな単語で、少しだけ頬が赤く染まる。

しかし、ここはきちんと訂正しておくべきだろう。

シオンはおずおずと手を挙げる。

「いえ、あの……クロガネさん。俺とレティシアはですね、けっしてそういう親密な関係ではなくてですね……」

「はあ？　ああ、たしかあれだね。人間どもは番になるのに、ややこしい手順をいくつか踏んだったか。交際だの婚姻だのと。竜人族はビビッときたら即番(つが)うからねえ」

クロガネはどこかズレた納得をして、今度はまっすぐ問いかけてくる。

「で、おまえたちはどの段階なんだい？」

「どこでもないですかね……」

「あ？　なんだそりゃ、なぞなぞかい？」

真っ赤になって黙り込むシオンを前にして、クロガネは首をかしげるだけだ。

ダリオはダリオで【だーっはっはっはっはっ！　どの段階かときたか！　まさか何一つとして進展しておらぬとは思いもせぬよなあ！】なんてヤジを飛ばしてくるし、頭を抱えるしかなかった。

ドキドキする胸を押さえつつ、シオンはヤケクソ気味に叫ぶ。

「そ、そんなことよりクロガネさん！　ノノちゃんは今日一緒じゃないんですか!?」

「ノノだって？」

クロガネがきょとんと首をかしげる。

おかげで話題は有耶無耶になったが、口にして改めてシオンの胸には不安が過る。

「ノノちゃん、今朝から見てないですよね。昨日の今日ですし、探しに行った方がいいんじゃ……」

「なあに、問題はないよ。あの子なら今日は屋敷で他の子らと一緒に勉強中だからね」

「勉強ですか？」

シオンはきょとんとしてしまうが、クロガネはあっけらかんとしたものだ。

「ああ。竜人族の子供なら普通のことさ。座学に魔法の練習……やるべきことは山とある。昨日勝手に出歩いた分、今日はしっかりやるんだとさ」

「へえ……ノノちゃんは偉いですね」

「ふふふ、もちろんだよ。なんたってあいつはあたしの娘だからね」

　クロガネはにっと笑ってシオンに背を向ける。

　指し示すのは竜人族の里——ではなく、湖畔に広がる森の向こうだ。

「それじゃ、そろそろ行こうか。ついて来な」

「行くって……どこへです？」

「おまえに見せたい場所があるんだよ。ゆっくり話もしたいしね」

「あっ、待ってください！」

　クロガネが軽い足取りで森へと向けて歩き出したので、シオンは慌てて後を追う。

　森は広大で鬱蒼（うっそう）とした緑が茂っており、目印らしきものは何もない。

　そんな中をクロガネはかすかな獣道を辿って進み続けた。

　やがて里が見えなくなるほど歩いたころ、目立たない場所にぽっかり開いた洞窟へと辿り着く。

　入り口は呪符まみれの縄が何重にも張り巡らされており、簡単な結界が施されていた。

　しかし、クロガネはその縄をひょいっと軽く越えて先を行く。

　シオンもそれにならいつつ、きょろきょろとあたりを見回す。

　ゴツゴツした岩壁には何も変わったところは見つからなかった。

「入っても大丈夫なんですか？　この洞窟、あからさまに封印されてるんですけど」

「何、ここは族長専用の祈りの場だ。他の奴らは立ち入り禁止にしてあるのさ」

「そんな大事な場所によそ者なんかが……って、うわっ!?」

突然、岩肌が途切れて広い空間にたどり着く。

煌々（こうこう）と魔力の明かりが灯るそこには――巨大な竜が鎮座していた。

「なっ……あ!?」

シオンは大きく息を呑む。

そのドラゴンは全身漆黒に染まっていた。

頭頂に生える二本の角は歪（いびつ）な曲線を描き、細かな鱗は一枚一枚が鍛え抜かれた名刀のような輝きを放つ。紅玉を思わせる瞳は立ち入る者へとまっすぐ向けられていた。

それはまさに、シオンが本で見たとおりの――。

「じゃ、邪竜ヴァールブレイム……!?」

シオンは慌てて剣を抜きかける。

しかし、それをクロガネがくすりと笑って遮った。

「落ち着きなよ、シオン。こいつはただの彫像さ」

「へ……？」

落ち着いてドラゴンの姿を見上げる。

今にも動き出しそうな迫力だが、よくよく目をすがめてみれば岩から掘り出したものだと分かった。シオンは呆然と、邪竜の像を見上げるしかない。

「ほんとだ……でも、どうして？」

「なあに、昔とある物好きが作ったのさ。あたしとしちゃ、ぶち壊したいのは山々なんだけどねえ」

クロガネはちっと舌打ちしつつ、邪竜の像に目を細める。

口ぶりは忌々しげだが……どこかそこには懐かしさがにじんでいた。

「はあ……俺にこれを見せたかったんですか？」

「いいや、目的の場所はここじゃないよ」

クロガネはいたずらっぽく笑い、邪竜の像に触れる。

そうして――短く、力ある言葉を紡いだ。

「」

それは人間には発音することも聞き取ることも不可能な音の羅列だった。

彼女がその言葉を発したその瞬間、洞窟の中を目がくらむほどの光が埋め尽くす。

シオンは思わずまぶたを閉ざしてしまう。

しかし、本当に驚いたのは目を開けた後だった。

洞窟も邪竜の像も消え去ったその場所で――クロガネは子供のようにほくそ笑む。

「あれは門みたいなものなのさ。驚いたかい？」

「ここ、は……」

シオンは言葉を失うしかない。

目の前には一面の青空と草原が、どこまでも続いていた。

その只中には小さな家がぽつんと建っており、窓からうかがう限りではごくごく普通の民家に見える。

まるで洞窟の中から一瞬で外にワープしたような現象だ。

だがしかし、シオンはこれとよく似た場所を知っていた。

(同じだ……！　師匠と出会った、あの空間と同じ仕組みだ！)

世界から隔離された異空間。

ダリオが後継者を待ち続けていたあの場所と、まったく同じ空気を肌で感じていた。

【……ふん】

当のダリオは面白くなさそうに鼻を鳴らす。それっきり黙り込んでしまったので、シオンは色々と聞きたいところをぐっと堪えた。この様子では何も答えてくれないだろう。

ひとまず無知なふりをしてあたりを見回す。

「ここは……いったいどこなんですか？」

「現実世界から切り離された亜空間さ」

クロガネは肩をすくめてみせる。

「言ったろ、昔万象紋を持つやつがいたって。そいつがここで一時期暮らしていたんだよ」

「ひょっとして……クロガネさんがその方を匿ったんですか？」

「いいや、あたしは主犯じゃないよ。ただ見張りを任されただけさ」

彼女は小さな家を睥睨し、ちっと忌々しげに舌打ちする。

「ちっと長い話になるが……大昔の知り合いにろくでもねえ奴がいてね」

「ろ、ろくでもない奴とは？」

「そりゃもう外道のクズさ。あたしはまあ、色々あって……そいつに目を付けられちまった」

彼女に言わせてみれば、それが運の尽きだったという。

その『外道』はクロガネを散々叩きのめしたあと、彼女の持っていた宝をすべてぶん奪って、何かというと呼び付けてはパシリ扱いしたという。

やれ幻の酒を探せと言われ、不眠不休で三日ほどあてもなく飛び回ったり。

やれ大喧嘩を繰り広げるから加勢しろと言われ、何万という魔物の軍勢を相手取ったり。

やれ暇だ手合わせしろと言われ、半死半生のボコボコにされたり。

例として挙げる出来事は、どれも相当な狼藉だった。

「そ……それは災難でしたね」

「だろ？　何様だって文句を言ったら半殺しだ。おまけにそれだけじゃ飽き足らず……」

クロガネはさらに恨み言をこぼそうとする。

しかしそこではたと口をつぐんだ。彼女は頬をかすかに赤らめて、ぷいっとそっぽを向いてしまう。

「いや、なんでもない。とにかくクソな野郎だったのさ」

「あはは……そ、そうですか」

シオンは目を逸らしつつ相槌を打つしかなかった。

野郎などとは言っているが、心当たりはひとりしかない。

(師匠だ……間違いなく師匠の話だ、これ……)

ヒスイらと衝突しかけた一件があったせいで忘れていたが、彼女とダリオの関係は先ほど聞かされたばかりだ。

(本当に師匠、このひとをぺろりと食べちゃったのかあ……そっかあ……)

赤くなった顔をそっと背け、ひとまず話の先を促す。

「その人が万象紋の方をここへ連れてきたんですね……？　ほかの竜人族の皆さんは反対したりしなかったんですか」

「当時、ここはとんでもない荒れ地だったんだよ。その件がきっかけで、あたしがここに住み着いて、はぐれの竜人族が集まったのさ」

「なるほど……だから万象紋についてはクロガネさんしかご存じない、と」

「そういうことだね。こんなつまんない話、酒席の肴にもなりゃしないし……誰にも話したことはないよ」

クロガネは自嘲気味に口角をつり上げてから、すっと笑みを取り払う。

じっとシオンを見据える瞳には強い光が宿った。

「で、ここをきちんと見せる前に……おまえに聞かなきゃならないことがある」

「……なんでしょうか」

「分かってるはずだよ。もちろんその魔剣のことさ」

彼女は目をすがめつつシオンの剣を指し示す。

そうして発するのは昨日とまったく同じ質問だった。

「おまえ、それをどこで手に入れたんだい。拾ったなんてナンセンスな答えはナシだよ？」

「それ、は……」

どんな誤魔化しも効かないと直感する。

しかし、言ってもいいものなのか。

シオンは口ごもりつつも、ダリオへ問いかけてみるのだが——。

(師匠、どうします。本当のことを言っても……師匠？)

ダリオからの返事はなかった。魔剣はうんともすんとも言わない。

それにシオンは首をひねる。

単に反応がなかったからではなく、気配が感じられなかったからだ。

「言いにくいのなら当ててあげようか」

黙り込んだシオンに何を思ったのだろう。

クロガネは小さく鼻を鳴らしてから、シオンにまっすぐ人差し指を向けた。

「おまえは……あのクソ野郎の、ダリオの子孫なんだろ！」

「……はい？」

シオンは目を瞬かせるしかない。

だが、クロガネは意にも介さずシオンの肩をばしばしと叩く。

「おいおい、今更しらばっくれてもムダだよ。まあもっとも、あたしがもしおまえの立場でも、そんな不名誉なことは隠し通そうとするだろうがね」

魔剣とシオンに目を向けて、ニヤニヤと笑う。

「その魔剣はダリオが使ってた代物だ。それにその強さ……あいつの血筋だって言われれば納得する。なあ、いい加減素直に吐いたらどうだい？」

「いやあの、クロガネさん。そうではなくて、俺は……」

弟子なんですと白状しようとした、そのときだ。

ふたりの背後で、突如として気配が生まれた。

軽く草を踏む音がする。

「よう」

「は……？」

クロガネが振り返ったそこには、満面の笑みのダリオが立っていた。

「久方ぶりだな、クロガネ」

「………………っっっ!?」

気楽な笑みが一瞬で凍りついた。

あっという間に顔から血の気が失せて、脂汗が滴（したた）り落ちる。

ひゅっと小さく喉を鳴らした、刹那――。

「ぎゃああああああああああああ!?」

「うわっ」

耳をつんざくような悲鳴を轟かせた。

バッと勢いよく飛びのいて、クロガネはシオンの背中を盾にして隠れてしまう。そのまま彼女はガタガタと震えて裏返った声で叫んでみせた。

「待て待て待て！　なんであいつがここにいる!?」

「わははははは！　これこれ！　我はこれを見たかったのだ！　顕現（けんげん）を先延ばしにして正解だったというものよ！」

「だ、大丈夫ですか、クロガネさん」

彼女を宥めるシオンをよそに、当のダリオは腹を抱えてひーひーと笑い転げるばかりだった。

（そういえば、出て行くタイミングをうかがってるとか言ってたなあ……）

つまり、クロガネが一番驚く機会を狙っていたのだ。

性格が悪いなあ……としみじみしていると、ダリオはニヤニヤ笑ってクロガネの顔をのぞき込む。

シオンの頬をつんつんしながら、誇らしげに言うことには――。

「で、こいつは我の子孫などではない。我が唯一の弟子だ」

「弟子でーす……」

「なっ……あ!?」

シオンがおずおずと挙手すると、クロガネは雷に打たれたような衝撃を受けた。

完全に言葉を失ってしまって、しばらく凍り付いたのちにふっと軽く笑う。

「これは夢だね。悪い夢だ。間違いない。なあ、シオン。あたしの目が覚めるように、ちょっくらぶん殴っちゃくれないかい？」

「はい!?　無理ですよ！　女の人を殴るなんてできません！」

「いいんだよ竜人族は丈夫だから！　頼むから今すぐあたしをこの悪夢から救い出しておくれよお!?」

「ちょっ……落ち着いてくださいクロガネさん!?」

クロガネはわんわん泣いてシオンにすがりついてくる。

王者の風格はどこへやら、非力な女性のような怯えようだった。

そのギャップにドキドキしたし、何より物理的な接触がすごい。スタイル抜群なのは外見から明らかだったが、体すべてで味わうそれは、とてつもない破壊力を秘めていた。

肉感的な体はどこもかしこも柔らかく、異国情緒漂う香の匂いがくらくらする。

（いやいやいや落ち着け俺……！　俺にはレティシアがいるし……人妻にときめくのはマズいだろ！　師匠じゃあるまいし！）

そのダリオはといえば、わざとらしく目元をぬぐって泣き真似をする。

「千年ぶりの再会だというのに、つれなくされて我は悲しいなあ。幾度も寝所で情交を重ねた間柄だというに」

「っ……！　あれはおまえが無理やり――」

「はあ？　毎度合意だっただろう。最初は嫌がりつつも、そのうち興が乗って『もっともっと』と可愛く泣きついてきたではないか」

「ぎゃあああっ！　やめろ！　マジでそれ以上言ったらぶっ殺すからなあ⁉」

「俺、何も聞いてませんから……」

可能なら、今すぐすべてを忘れたかった。

しかしそんな魔法は知らないので、シオンは明後日の方向に顔を背けるしかない。

クロガネは頭を抱えてうずくまってしまう。

「ぐうう……この気配……夢じゃないみたいだね……なんでこの悪魔がここにいるんだよぉ……」

「えっと、少し長くなりますが……俺が説明しますね」

シオンは彼女を宥めながら、ダリオとの出会いをかいつまんで説明した。

最初は動揺しっぱなしだったクロガネも、話を聞く内に落ち着いた……というより、事態を受け入れる覚悟を決めたらしい。渋面を作りながらもじっくりと聞いてくれた。

ただし、その眉間に寄ったしわは、しばらく痕が残りそうなほど深い。

シオンが説明を終えると、彼女は肺の空気すべてを吐き出す勢いでため息をこぼし、ダリオを睨む。

「つまりおまえ……転生もせず魂のままで、ずっと千年も世に居座ってたっていうのかい？」

「その通り。後継者がほしくてな」

「こっっわ!?　その気長な計画、長命種の発想だからね!?」

そう叫んでから、クロガネはシオンの両肩をがしっと摑む。

「シオンもシオンだよ。こいつとそれなりの付き合いができたってことは、横暴さが嫌というほどに理解できただろ。今からでも遅くはないよ、弟子入りなんてやめときな」

「いやでも……師匠はたしかに性格に難がありますが、悪い人ではないですし」

「バカ野郎！　だからって人生棒に振る理由にはならないだろ！」

「ずいぶんな言い草だな。久方ぶりの飼い主との再会、もう少し喜んでもいいのでは？」

「誰がペットだ！　誰が！」

力いっぱい吐き捨てて、クロガネは軽く飛び退いて距離を稼ぐ。

そのまま重心を落として両手に魔力を集中させ、臨戦態勢を取った。

「千年前におまえから受けた恨み……今ここで晴らしてやってもいいんだぞ」

「ふん、おもしろい。貴様なんぞが我に勝てるわけないだろうが」

「ちょっ、ふたりとも落ち着いてください」

クロガネの挑発に、ダリオはニヤリと笑うだけだった。

シオンはふたりを落ち着かせようとするのだが――。

「千年前のことはそもそも汝が悪いのだろう。かつて世界を脅かした邪竜よ？」

「……うん？」

ダリオが肩をすくめて続けた言葉に、目を丸くすることとなる。

「じゃ、邪竜って……」

「うん？　汝も知っているだろう、邪竜ヴァールブレイムだが？」

「その名前を出すのはやめっ――ぐうう!?」

クロガネが魔力で強化した拳を振るってダリオに襲いかかるものの、あっさり手の甲で流されて関節を極められる。

各地で暴れ回った伝説の邪竜。

　一騎打ちの末に封印したはずの超存在の名を、ダリオは世間話の延長のようにして口にした。しかもそれがクロガネを示すものだから、シオンは大いにうろたえてしまう。

「そんなまさか！　クロガネさんみたいないい人が邪竜だなんて……信じられません！」

「そうは言っても事実だぞ」

　ダリオは抑え込んだクロガネへと横柄に言ってのける。

「あの当時、こいつは相当なヤンチャ者でな。領土は荒らすし、宝は奪う。それで我に討伐依頼が舞い込んだのだ」

「じゃあ、ヴァールブレイムってのがクロガネさんの本名なんですか……？」

「いんや。竜人族に古くから伝わる言葉で、たしか『黒天に座す王者』みたいな意味だったか？なあ、クロガネよ」

「やめろぉ……マジでやめろ……んなもん真顔で解説すんじゃねぇやボケぇ……」

「何を言う。あの当時、自信満々に名乗っていたのは貴様だろう」

「若気の至り的なあれなんだ……」

　邪竜の話を振る度に、彼女が顔をしかめていた理由が判明した。

　思っていた因縁からはかけ離れていたものの。

　遠い目をするシオンをよそに、ダリオはクロガネを解放してぼやく。

「伝承というのは尾鰭（おひれ）が付き物だからな。そもそも我はこいつを封印なぞしておらぬ。我と戦ってからぱたっと悪事を働かなくなったゆえ、そういう話が流れたのだろうな」

「それじゃ逆に、近ごろ邪竜が復活したらしいって噂は……」

「この近辺がきな臭くなったから、そういう憶測を呼んだんだろう」

「……蓋を開けてみると意外な事実があるものなんですねぇ」

シオンはしみじみとため息をこぼす。

しかし、ふと気付くのだ。

「うん……？　でも、クロガネさんが昔邪竜って呼ばれてたのは事実なんですよね？」

「まあね。今じゃ消したい過去だけど」

「英雄ダリオと三日三晩の一騎打ちを果たしたのも本当なんですか……？」

「いや、ありゃたしか四日くらいかかって……って、シオン、どうかしたのかい？」

「っ……！」

シオンはあまりの衝撃に凍り付いていたものの、ハッとして懐を探る。

そこには先日、レティシアに見せたダリオの本が入っていて――それを開いて、クロガネにずいっと差し出した。キラキラした笑顔を添えて。

「サインをください！　お願いします！」

「はい……？」

きょとんとするクロガネである。

そこにシオンは早口でまくし立てた。

「俺、昔からずっと伝説の邪竜に会ってみたかったんです！　クロガネさんがその邪竜本人だなんて意外でしたけど、お目にかかれて光栄です！　あと、できれば後でお手合わせしてください……！　お願いします！」

「きゅ、急に熱意がすごいじゃないか」

たじろぎながらも、クロガネはシオンの本とダリオをうかがう。

「こいつはダリオの本……つまり、シオンは元々あんたのファンだったのかい？　物好きもいたもんだねえ」

「かかか。我、英雄ゆえ。伝説だけで人心を掌握するのも容易(たやす)いものだ」

「たしか相当良いように語られているもんねえ……あ、でも想像図がだいたい中年のおっさんなんだっけ。ありゃいったいどういうわけだい？」

「やかましいわ！　人が気にしていることをずけずけと突きおって……！」

「えっとあの、サインと手合わせの方は……？」

仲良くケンカを始めるクロガネとダリオに、シオンはおずおずと口を挟む。

クロガネはふうと小さく息をついて、本を受け取ってくれた。

「サインは書いてあげるよ、でも手合わせは無理な話だ」

「うっ……そうですか……やっぱり立場とかありますもんね」

彼女は黒刃の谷に住まう竜人族、そのすべてを束ねる存在だ。

軽々しく力を振るうのは好ましくないのだろう。

シオンはそう納得するのだが、クロガネはぱたぱたと手を振る。

「そういうわけじゃないさ。今のあたしはこの通り、角がないだろ」

クロガネはそう言って自身の頭を指し示す。

こめかみ付近から生えた二本の角は、半ば付近で折れてしまっている。

彼女はそれをそっと撫で、柔らかく苦笑する。

「竜人族の角は力そのもの。少し前にこいつを失ったせいで、力がすっかり衰えちまってるんだ」

「そ、そうなんですか……？」

「ああ。実際に見せた方が早いかね」

そう言って、クロガネはシオンに右手を翳してみせた。

その手にふんわりとした黒いオーラが宿ると、ちょっとした変化がシオンを襲った。

肩をぐるぐると回して、首をひねる。

「なんだか若干……肩が重い？」

「呆れた。普通の相手なら立っているのも辛いはずなのに」

クロガネは肩をすくめて右手を振る。

すると黒いオーラは消え去り、シオンの肩も元通りに軽くなった。

自身の手のひらをじっと見つめて、クロガネはため息をこぼす。

「これが……その昔は山すら砕いたはずの、あたしのオリジナル魔法さ。物の重さを自在に操ることができるんだ。今じゃこの程度の力しか出せないけどね」

「重力魔法というやつだな。使えるのは世界でもごくごくわずかだ」

ダリオが軽く補足して、ぐっと親指を立ててみせる。

「ちなみに我、こいつの全力の重力魔法を受けながら余裕でぶっ飛ばしてやったぞ」

「師匠らしいですね……っていうことは、クロガネさんは本当に昔より……？」

「ああ。悔しいが……今じゃダリオどころか、シオンの足下にだって及ばないはずだよ」

「そっかあ……」

シオンはわずかに肩を落とすしかない。

邪竜とのバトルという夢は露と消えた。

(戦ってみたかったなあ……全盛期の師匠とタメを張ったっていう、伝説の邪竜……)

落ち込むシオンに、クロガネは苦笑をこぼす。

「悪いねえ、有名な邪竜がこんなていたらくでさ」

「へ!?　た、たしかに少しびっくりしましたけど……」

シオンはあたふたしつつ、ぐっと拳を握る。

「クロガネさんはいい人です。戦えないのは残念ですけど……お目にかかれて、すっごく光栄です！」

「シオン……」

クロガネはふっと微笑をこぼす。

しかしすぐにその柔らかさは消え去って、苦虫をかみつぶしたような渋面に変わった。

「どうしておまえみたいな気のいい子が、こんなクソ野郎の弟子になったんだい？　やっぱりダリオに騙されてるんだろ」

「い、いえ。一応自分から志願したんですけど……」

「いーや、絶対に騙されているね。純朴な若者を言いくるめて食い物にするくらい、こいつは平気でやらかすからね」

「汝は我のことをなんだと思っているんだ」

「うっ……そう言われたらそんな気もしてきて……」

「バカ弟子も乗るでないわ」

「いでっ!?」

容赦のないゲンコツを食らって、シオンは頭を押さえて呻(うめ)く。

じゃれ合いのような流れで殴ってきたくせに、わりと本気の拳だった。シオンでなければ頭蓋骨があっさり砕けていたことだろう。

痛みに喘ぎながらも、シオンはふと気付く。

族長である彼女が力を失ったのなら――。

「ひょっとして……竜人族の里が狙われているのって……」

「ああ、その通り。あたしが弱体化したせいだよ」

クロガネはため息交じりに言う。

「里の者たちもとっとと見限って逃げりゃいいのに、まだあたしのことを族長だと呼んで憚らない。

その族長様は、今じゃヒスイにすら手合わせで劣るっていうのにねえ」

「……それだけ皆さん、クロガネさんの人柄に惹かれているんですね」

「ふっ、どうだか。他に行くところがないだけだろうよ」

そう笑い飛ばし、クロガネはダリオに視線を投げる。

「それよりダリオ。万象紋のお嬢ちゃん……ありゃ、おまえが見つけてきたのかい？」

「いいや。見つけたのはシオンだ。しかも、我と出会う前からの付き合いらしい」

「そりゃまた……因果なこともあるもんだねえ」

「うむ」

ふたりは目配せし合い、小さくうなずく。

その反応に、シオンは胸騒ぎを覚える。

レティシアに関わることなら、黙っていられない。

クロガネをまっすぐ見据えて頼み込む。

「聞かせてくださいい、クロガネさん。万象紋とは一体何なんですか」

「まあ、こうなったら喋ってやってもいいけどね。それならおまえの師匠に聞いた方が早いと思うよ」

「へ……？　たしかに色々ご存じでしょうけど……あんまりまだ詳しく教えてもらっていないというか」

「ふうん。ま、そうそう話せる話じゃないよねえ。なんせ、ここにいた万象紋っつーのは……」

クロガネは小さな家――その庭の片隅へと視線をやった。

そこはわずかに土が盛り上がり、小さな石碑のようなものが立っている。

誰かの墓だ。そしてそれもやはり、シオンには見覚えがあった。ダリオと出会ったあの空間にあったもの――それをそっくりそのまま小さくしたような形だったのだ。

墓に気付いたシオンに、クロガネはあっさりと言ってのけた。

「そいつの、ダリオの姉貴なんだからさ」

四章　踏み出した一歩

次の日、シオンは竜人族の里からほど近い場所にある小さな泉を訪れていた。

里のふもとに広がる湖とは異なって、周りをぐるっと歩いても数分とかからないほどこぢんまりとした水場だ。こんこんと水が湧き出ており、水面は底が見えるほどに澄んでいた。

この近辺は竜人族の領土ゆえ、凶暴な魔物なども出ないらしい。

とはいえ、近年は他種族の侵略が起きつつある。油断は禁物ということで、この辺りまで出てくる竜人族は見回りの戦士くらいに限られるようだ。

ときおりはるか彼方(かなた)から狼のものらしき遠吠えが聞こえてくるし、どこか緊迫感が漂っている。

それでも泉の周りは静かなものだ。

まわりを林に囲まれており、鳥のさえずりが響く。

穏やかな自然のなか――。

「ひゃっ」

小さな声が響き渡った。

レティシアだ。

泉におそるおそる足を浸けたものの、思った以上に冷たかったらしい。

ぶるりと身を震わせるその出で立ちは、いつもの法衣ではなく水着である。しかも、ちょっと露出度が高い。

そんな彼女に、シオンは背後からハラハラと声を掛けた。

「レティシア、大丈夫？」

「こ、これくらい平気です。大丈夫です！」

レティシアは勢いよく振り返り、胸の前でぐっと拳を握ってみせる。

意気込みはけっこうなものではあるものの、そのせいでたわわな胸が押し上げられて、谷間が強調される結果となった。

シオンはさっと目をそらすしかない。

「そ、そっか……でもその、無理だけはしないでね……？」

「くっくっく。夏場とはいえ、ここの水は冷えるからな。昔からそうだ」

シオンの隣で、ダリオがからからと笑う。

「あまり無理はするなよ、適当なところで上がってくるがいい」

「ご心配ありがとうございます。でも私、精一杯頑張ります」

レティシアはやる気の炎を燃やし、ざぶざぶと水へと入る。

陽気な水着姿だが、その顔は真面目そのものだ。水遊びというより水行に近い。

ガタガタと震えながらもレティシアは泉の中へと入っていく。

「こ、この泉に浸かれば、力を制御できるようになるんですよね。それなら頑張るしかありません」

「うむ。さっきも言ったが、この地域はもともと魔力が豊かでな。中でもこの泉は特にそれらが集まる場所だ」

それゆえ、ここは竜人族が保有する聖地のひとつらしい。

軽い打ち身程度なら、泉の水に浸かるだけで癒えるという。

特別にクロガネが許可を出してくれたため、今日はレティシアの貸し切りである。

「大昔、万象紋を所持していた者も、最初は力の制御ができなかった」

ダリオは人差し指を教鞭のように振って続ける。

「だが、この聖なる泉で沐浴（もくよく）することで力を使えるようになった……らしい。その理屈は先ほど教えてやったよな」

「えっと、高濃度の魔力を体に流すことで、力を使う感覚を覚えるから……ですよね？」

「その通り！　うむ、やはり汝も教え甲斐のある生徒のようだ」

ダリオは満足げにうなずいてみせる。

その柔らかな反応にレティシアがぱっと顔を輝かせた。褒められて嬉しいらしい。

「えへへ、お師匠さんはお優しいですね。シオンくんもこれまでいっぱい褒めていただいたんですか？　羨ましいです！」

「や、優しい……？」

　これまで一度たりともダリオに感じたことのない概念だった。

　シオンは目を瞬かせるばかりだが、持ち上げられたダリオは得意げに鼻を鳴らす。

「ふふん、レティシアは物分かりがいいではないか。シオンを破門にして、こっちを弟子にするのも悪くは……うむ。マジでわりとアリなのでは……？」

「本気の顔するのはやめてください」

　真剣に考え込む師匠にツッコミを入れて、シオンは泉の中へ呼びかける。

「意気込むのはいいけど、無理しちゃダメだよ。風邪を引いたら心配するからね」

「は、はい。でも……ようやく手がかりが見つかったんです」

　レティシアは右手を胸に抱いて、わずかにうつむく。

「この力を制御できるようになったら、もう怯えなくて済むんです。また暴走させて誰かを傷付けるんじゃないかって、ずっと怖かったから……」

「レティシア……」

「だから……今は全力で頑張ります」

　そう言って顔を上げたとき、レティシアは晴れやかな笑みを浮かべていた。

　恐怖から逃げることなく立ち向かおうとする意志を感じさせる、とびきりの顔だ。

胸を打たれるシオンの隣で、ダリオはこくりと首肯する。

「うむ。かつての万象紋所有者も最初は制御できなかったが、そのうち多くの神紋の力を操れるようになった……らしい。汝もきっと、その神紋を物にできるはずだ」

「はい！　今日はたっぷり浸かります！」

「それだけだと冷えるだろ。ほれ、このボールで遊んでろ。適度に汗をかくのも大事だからな」

「わわっ、あ、ありがとうございます！」

投げ渡されたボールを受け取って、レティシアはこくこくとうなずく。

それから真面目にもぽんぽんと投げ上げるのだが、傍目から見ると魔力の修行というより体力作りの特訓だった。

「……頑張ってね、レティシア」

シオンは泉のほとりに腰を落とし、その姿を見守るだけだ。

しかし――。

「えいっ！」

「っ……！」

頭の上でボールをトスして、レティシアは水中からざぶんと跳び上がる。

その勢いで、ボール並みに大きな胸が激しく揺れた。

シオンは首がねじ切れそうな勢いで視線を逸らす。

（見守るには見守るけど……直視しないようにしよう、うん）

スタイルがいいことは服の上からでも分かっていたが、まさかここまでとは思わなかった。

凍り付くシオンのそばに腰を落とし、ダリオはくつくつと笑う。

「くっくっく、ちゃんとその目に焼き付けなくてもいいのか？　惚れた女の柔肌だぞ？」

「け、けっこうです！　俺はそんな不埒な男じゃありませんから！」

「とか何とか言って、何度もガン見していたではないか。修行の末に身につけた動体視力でもって
して、完全に脳裏に刻んだだろ」

「うぐぐぐ……っ！」

図星を思いっきり突かれ、シオンは真っ赤になって言葉に詰まる。

見ていたのは本当だし、記憶に刻んでしまったのもまた事実。

だがしかし、これは不可抗力というやつなのだ。

「だって仕方ないですよ!?　好きな子の水着なんて初めて見ますし……師匠も師匠ですよ！　なん
でよりにもよってあんな過激なのを買ってきたんですか!?」

レティシアが水行に挑むということになったので、急遽水着が必要になった。

かと言ってシオンが調達してくるわけにもいかず――ダリオに財布を託して、人里までおつかい
を頼んだのだ。

結果、布面積が心許なさ過ぎる代物が届いた。

　そのこと自体はなんとなく予想していたものの、想定外の展開が起こっていた。

「なんでレティシアはあんなのを素直に着たんです……!?　いくらなんでも、恥ずかしいって嫌がるはずだと思ってたのに……！」

「体が水に触れる面積が多ければ多いほど、修行の効果が高い……などとデタラメを吹き込んだら信じてくれてな。やる気満々でばっちり着こなしてくれたぞ」

「レティシアに変なこと吹き込むのはやめてくださいよ!?　どんな水着だろうと、水に入ったらどのみち全身濡れるじゃないですか！」

「うむ、あやつに足りないのは人を疑う心構えだな。この分なら、一応買ってきたこっちのエグい方もワンチャン着てもらえたやもしれん」

「悪魔かあんたは!?」

　ダリオが胸元からすっと取り出したのは、大事なところがギリギリ隠れるだけの、ほぼヒモ――としか呼べない水着だった。

　シオンはそれをむしり取るようにして奪い、灰も残さず燃やし尽くした。

　ぜえぜえと肩で息をする弟子のことを、ダリオは腹を抱えて笑う。

「だははは！　やはり弟子は汝しかありえぬな！　我をここまで楽しませてくれるのは、世界中探したところで他には見つからぬだろうよ！」

「ほんっともう……師匠は通常運転なんですから」

シオンは顔を手で扇ぎ、なんとか赤みを引かせようとする。

師のテンションはいつも通りだ。それとは対照的に、シオンは浮かない顔をする。

「これでも俺は、昨日聞かされた話をいまだに呑み込めていないんですからね？」

「そうは言われてもな。我にとってはしょせん過去だ」

ダリオは飄々とうそぶく。

昨日――クロガネの案内で、シオンは立ち入り禁止の洞窟へと足を踏み入れた。

そこで聞かされたのは耳を疑うような話だった。

ダリオが万象紋について何かしら知っていることは以前から気付いていたが……まさか、そこまで因縁があるとは思いもしなかった。

「前に言っただろう。我が生きていた千年前は……聖紋教会と呼ばれる組織によって、神紋を付与する手術が蔓延（はびこ）っていたと。我の姉様はその手術を受けて命を落とした」

姉の手術は失敗に終わった。

自ら手にした力を制御できず、灰も残らず焼死した……ダリオはそう聞かされた。

それゆえ、納める亡骸のない墓の前で彼女は強く決意したのだという。

神紋至上主義を見返すべく、神紋に頼ることなく力を付け――姉の命を奪った聖紋教会をこの世から葬り去ることを。

「だが、ある日襲撃した奴らの拠点のひとつで、我は死んだはずの姉と再会した」

「その時点で、すでにお姉さんは万象紋を持っていた……と」

「そのとおり。そしてそれと引き換えなのかは知らんが、すべての記憶を失っていた。ちょうど、あの娘のようにな」

ダリオは泉に浸かるレティシアのことをぼんやりと見つめる。

姉は、ダリオのことはおろか、自分の名前すら忘れていた。

おまけに万象紋の力を制御できず、人里で匿うのはあまりにリスクが大きすぎた。

そのため、ダリオは当時魔物が蔓延る禁域とされていたこの土地に、姉を連れてやってきたのだ。

ここで先述のような修行を積んだことにより、彼女はある程度力を自由に使えるようになった。

「だが、保護した時点で肉体の方はすでに限界間近だった。姉様はそれから半年と持たずに息を引き取ったよ」

視線をレティシアに向けたまま、ダリオはここではない場所を、今ではない時を見つめていた。

凄惨なはずの思い出を語るその声は、これまでシオンが聞いたこともないほどに柔らかい。

それは長い年月をかけて削られて、丸くなった小石を想起させた。

「姉様は我のことを思い出してはくれなかったが、ともに過ごしたあの日々は満ち足りていたな。最期も眠るように……って、おい、どうした、シオン」

「だって……だってそんなの、あんまりじゃないですか」

シオンは膝の上でぎゅっと拳を握る。

爪が手のひらに食い込んで、うっすらと血がにじむのを感じた。

それでも拳をゆるめることはできなかった。

わけもなく叫び出したくなるのを、手に力を込めてぐっと堪える。

ダリオが姉と再会できたのは、喜ばしいことだったと思う。だが、そのせいでダリオは二度も大切な家族を奪われることになったのだ。

「その苦しみは……とても言い表せるものじゃないはずです」

「まあな。当時の我は、そりゃもームシャクシャしておった。おかげで教会を殲滅できたのだ」

ダリオはからからと軽く笑う。

しかし不意に笑みを取り払い、声を低くして続けた。

「やつらを根絶やしにして分かった。奴らの狙いは万象紋……あの、神にも等しい力を生み出すことそこにあったのだとな」

「ほんと、やることが無茶苦茶ですよね……」

神紋至上主義を啓蒙し、神紋手術を人々に勧める。

これにより神紋手術の研究が大きく進み、彼らの悲願である万象紋が生み出された。

いわば、教会自体がていのいい実験動物を確保するための装置だったのだ。

「だが、幸か不幸か成功例は姉様だけだった。おまけにクロガネが言うにはこの千年、他に万象紋が現れたという例はなかったそうだ」

ダリオから万象紋の存在を知らされた彼女は、それからずっと警戒していたらしい。

何しろ、あらゆる神紋の力を奪う能力だ。魔物や竜というものは、人間よりも遥か昔から神紋を有する存在だった。それゆえ彼らにとって、万象紋は絶対的な脅威となる。

それらしい噂を耳にしては、こっそりと現地に赴いて調査する……という地道なことを彼女はコツコツと続けていたらしい。

しかしその結果、本物の万象紋に出会えたためしは一度もなかったそうだ。

「となると……この現代で、わざわざその技術を蘇らせた黒幕がいるってわけですね」

「うむ、先日レティシアを狙った者どもの例もある。今はこうした秘境にいるゆえ、そうそう仕掛けてくることはないだろうが……ゆめゆめ油断するなよ」

「もちろん、心得ています」

「くくく、素直でよろしい。さすが我が弟子よ」

ダリオはくつくつと肩を揺らして立ち上がる。

すこし泉のほとりまで歩いて行って――。

「いいか、シオン。師として、先人としておまえに命じる」

こちらに背を向けたまま、ダリオは静かな声で祈るように告げた。

「あの娘を守り抜け。おまえはけっして、後悔するなよ」

「……はい」

シオンは小さくうなずいた。

命令だとは言われたものの、託されたと感じた。

受け取った想いをしっかりと胸に抱けば、ダリオはくるりと振り返ってさっぱりと笑う。

「ま、安心するがいい。我もレティシアのことは気に入っているのだ。引き続き力を貸してやろう。最強師弟タッグの結成だな、シオン？」

「えっ？　いや、むしろ師匠は大人しくしててもらえると助かるんですが……？」

「だはは、そう遠慮するな！　ともあれそういうわけで……」

素でうろたえるシオンをよそに、ダリオは己の襟に手を掛ける。

そうしてあろうことか、服を勢いよく脱ぎ捨てた。

スカートもブーツも、何もかも。残ったのはトレードマークの髪飾りと――。

「退屈なシリアスパートは終了だ！　我もひと泳ぎするぞ！」

「ひえっ……!?」

シオンは悲鳴に近い声を上げてしまう。

何しろダリオの格好がほぼ裸だったからだ。

その滑らかな肌を守るのは、紐にしか見えないギリギリの水着である。

「言いたいことは山ほどありますけど……その水着、さっき俺が燃やしたはずですけど!?」

「ふふん、こんなこともあろうかと二着買っておいて正解だったな」

「なんでよりにもよってそれを!?　まだレティシアの水着の方がマシじゃないですか！」

「何を言う、我の玉体だぞ？　しまい込む方がこの世の損失だろう」

「自意識がのびのびと育ちすぎている……！」

ここまで来るといっそ清々しい。

しかし、それを見せつけられる方としては堪ったものではなかった。

顔を覆うシオンに向けて、ダリオは誇るようにして胸を張る。

「くっくっく。おまえは弟子ゆえ、特別に拝観料は取らずにおいてやる。我が玉体、存分に鑑賞するがいい！」

「そ、そんなことを言われましても……」

シオンは指の隙間から師の姿をちらりとうかがう。

その自信に裏打ちされるダリオの体は、たしかに芸術的と呼んでいいだろう。

胸は両手で収まりきらないほど大きいし、すらりと長い手足は見る者を圧倒する。しなやかな体つきは磨き抜かれた宝石を思わせた。柔らかそうだし、すべすべしていそうだ。

レティシアもすごかったが、ダリオは輪を掛けてすごい。

しかし――。

(なんかこう……だんだんと慣れてきたな？)

見ている内に、すっと冷静さを取り戻した。

顔の赤みもあっという間に引いて、シオンは柔らかな笑みを師に向ける。

「すみません、取り乱してしまって。もう落ち着いたので大丈夫です」

「何故だ!?」

ダリオは端整な顔を歪ませて地団駄を踏む。

「もっとこうあたふたするべき場面だろうが！　それでも汝は童貞か!?」

「余計なお世話だし、師匠は恥じらいがなさすぎるんですよ。何かだんだんギャグに思えてきました」

「ぐっ、クソ生意気にも師に意見するとは……！　ならば恥じらってやろうではないか！　いやーん、見ないでー、きゃー」

「棒読みにもほどがあるし、その格好で恥じらっても手遅れですよ」

精一杯の恥じらいセクシーポーズに、シオンは真顔でツッコミを入れるだけだった。

たしかに綺麗だし大胆過激だ。

だが、それとこれとは話が違う。

「何て言いますか、美術館で裸婦画を見ている気分なんですよね。すごいなーとは思っても、興奮する対象じゃないっていうか」

「かーっ！　一丁前に語りおって！」

ダリオはぷいっとそっぽを向いて、ざぶざぶと泉に入っていった。

「弟子のノリが悪くてかなわん。おい、レティシアよ！　我も沐浴に参加するぞ！　存分に我にかまえ！」

「は、はい、ぜひぜひご一緒させてください！」

レティシアは満面の笑みを浮かべてダリオを迎える。

こうして、際どい水着の女子ふたりがきゃっきゃと水遊びにふけることとなった。

泉のほとりに残されたシオンはひとまず一息つく。

「ま、師匠に任せておいたら大丈夫かなあ。力の使い方を一番良く知ってる人だし」

ロクデナシではあるものの、鍛錬に関しては人一倍真面目だ。

レティシアのことも気に入っているようだし、無茶はしないだろう。

シオンは安心して腰を上げる。

「さて、俺はまた里に戻って……うん？」

そこで、ふと首をひねった。

森の奥から、かすかな声が聞こえてきたのだ。

それが妙に気になって、泉のふたりへ声をかけた。

「師匠ー。俺、ちょっと向こうを見てきます。レティシアのこと頼みますね」

「おう、任せておけ。また後でな」

「行ってらっしゃい、シオンく――きゃうっ！」

「き、気を付けてね……？」

ボールを顔面で受けたレティシアに見送られ、シオンは森の中を歩く。

森の中は静かだ。おかげで声の方角が分かりやすく、まっすぐそちらを目指す。

しかし、とある木立の裏でシオンはふと足を止めた。

その場にしゃがみこみ、目をこらして地面をじっと見つめる。

「これって……獣の足跡か？」

よくよく見れば、周囲には痕跡がぽつぽつと刻まれていた。

普通の生物ではありえない大きさだ。

足跡はまだ真新しく、下手をするとまだこの近辺をうろついている可能性すらあった。

「そうなると……ますます確かめないといけないな」

シオンは立ち上がり、声の方向を目指す。

五感にかけているリミッターを外せば、もっと離れた位置からでも声の判別はつくのだろうが、
森の中は小動物や虫が大量にいる。声だけを仔細に聞き取れる自信はなかった。

（やっぱりまだまだ訓練が必要だなあ……）

そんなことを考えて歩くうちに、木々が途切れて視界が開ける。

そこには一面の草原が広がっていた。どこまでも続く緑のただ中に、均等に並んでいるのは数多くの石碑である。碑には花が供えられているものもあり――。

「ここは……墓所か？」

静かな風が草花をそっと揺らす。

澄み切った空気が満ちていて、シオンは思わず見とれてしまう。

しかしその静寂を、黒い影が突如として切り裂いた。

「ガウガウッッッ！」

「なっ……！」

数多（あまた）の石碑。

その間を縫うようにして駆け抜けて、目の前に大きな獣が飛び出してきた。

太陽の光を背にして躍り出るのは、シオンの身の丈ほどもある魔狼だ。

その体毛はつややかな白銀で、何故か体のあちこちに包帯が巻かれていた。紅玉のような瞳には、狩人の鈍い光が宿る。

シオンは思わず剣の柄に手をかけるのだが――。

「だめぇ！」

「っ……!?」

ハッとして半歩後ろに跳躍する。

その悲痛な声に思い止まったからではない。

（なんだ、今の殺気は……!?）

それは息が詰まるほど濃厚な魔力の気配だった。

これまでシオンが感じたものの中では、本気のダリオが発するものに近い。

魔狼は再び飛びかかろうとするものの、小さな影が走ってくるのを見て足を止める。

「そのひとは敵さんじゃないの！　だからおちついて！　ね!?」

「グルウウゥ……」

狼はシオンをちらっと見やり、大人しく地に伏せる。

それを見て、ノノは息を切らせながらもホッと胸をなで下ろした。

「よ、よかったの……ごめんなさいなの、おにーちゃん」

「ノノちゃん……？」

シオンは狼とノノとを見比べて、目を丸くするしかなかった。

それからノノに、墓所から少し離れた大木まで案内された。樹齢何千年という立派な木だ。四方に力いっぱい枝を伸ばして日の光を浴びており、その根元には大きな洞が開いている。

洞の中には藁(わら)が敷かれ、包帯や干し肉などが置かれていた。

水の溜まった皿もあり——それだけでシオンは彼女と狼の関係を察してしまった。

「つまり……ケガしたその子を見つけて、ずっとお世話していたんだね？」

「そうなの……」

「ガウッ」

しょんぼりと項垂(うなだ)れながら、ノノはそばに控えた魔狼の包帯をほどいていく。

狼はノノを丸呑みできそうなほど大きいが、目を細めてすり寄る姿は子犬のようだ。

数日前に墓を訪れた際に、この傷付いた魔狼に出会ったらしい。

狼は半死半生の状態で、見捨てることができなかった。

だからこの秘密の場所に匿い、ずっと面倒を見ていたのだという。

「このままグルドおじちゃんに捕まったときも、この子のご飯を持って行こうとしていたの。魔狼さんは敵さんだから、みんなには内緒にしていたんだけど……」

魔狼を見上げ、ノノはほんの少し眉をひそめて言う。

「急に飛び出していったから、びっくりしたの。ダメなの。めっ、なの」

「ガルゥ……」

ノノに叱られた魔狼は、申し訳なさそうに前脚で顔を隠す。

しかし、すぐに彼はシオンを見やっておずおずと頭を下げてみせた。

「ごめんなさいって言ってるの。知らない匂いがしたから、敵さんだと思ったみたいなの」

「いいよいいよ、気にしないで。この子の治療もノノちゃんがやったの？」

「う、うん」

洞の隅には薬草の束や、それをすり潰す薬研(やげん)や乳鉢などが置かれていた。

ノノは魔狼のケガに薬草のペーストを塗布していく。その上から真新しい包帯を巻くのだが、その手つきには一切の無駄がない。シオンが見とれていると、ノノはしゅんっと項垂れる。

「ノノもレティシアおねーちゃんみたいに、回復魔法が使えたらいいんだけど……ノノにできるのはこんなことだけなの」

「『こんなこと』って……十分すごいよ。もうほとんど治りかけてるじゃないか」

シオンは魔狼の体をそっと見やる。

腹や前脚など、あちこちに残った傷は大きいが、すっかり塞がってしまっていた。あれだけ元気に野を駆けて、シオンに襲いかかってきたのだから体力も戻ってきているはずだ。

(俺の回復魔法なら、たぶん跡形もなく治せるんだろうけど……)

そう思って、すこし魔狼に手を伸ばすのだが――。

「ガウガウッ！」

「うん、嫌だよね。分かった、手は出さないよ」

魔狼はシオンをギンっと睨み付け、勢いよく吼え猛った。

もう襲いかかるつもりはないようだが、気を許すまではいかないらしい。

「よっぽどノノちゃんを信頼してるんだね。生半可な治療じゃ、こうも信頼されないよ」

「えへへ、たくさん勉強したから」

ノノは照れたようにはにかんだ。

「お家にね、おとーさんの本がたくさんあるの。まだ難しいけど、ちょっとずつ読んで勉強してるんだ」

「お父さん？　そういえばまだ会えてないね」

「うん。あとで案内してあげるの」

ノノは薬をてきぱきと片付けながら、何でもないことのように言う。

「おとーさん、ノノが生まれてすぐにお星様になったんだって」

「えっ」

「だから、あっちのお墓で眠ってるの。よくおかーさんとお花を持って来るの」

あっけらかんと告げられたその台詞に、シオンは言葉を失ってしまう。

しかしすぐにハッとして頭を下げるのだ。

「ご、ごめん。無神経なこと聞いちゃって……」

「ううん。気にしないで」

ノノは小さくかぶりを振ってから、遠い目をして続ける。

「ノノが生まれてすぐのころ……大きな戦争があったんだって。おとーさん、里のお医者さんだったの。みんなのケガを治して回ってたんだけど、そのせいで敵さんに狙われて……」

「そうなんだ……」

シオンはぐっと拳を握る。

ノノの言葉は淡々としたものだ。伝聞でしか父のことを知らないのだろう。

それがシオンの胸に突き刺さり――。

(ひょっとして、クロガネさんが力を失ったっていうのも……その戦争のせいなのかな)

同時にそんな予感を覚えた。

ノノはふんわりと笑う。

「おとーさんはね、すごく優しい竜だったってみんなが言ってくれるの。だからノノも、おとーさんみたいに、みんなを守れる竜になりたいの」

「なれるよ。ノノちゃんならきっと」

そんな彼女に、シオンは力強くうなずいた。

「ケガの治療だけじゃない。さっきのだってすごかったし」

「えっ、何のこと?」

「俺のことを殺気ひとつで止めたじゃないか。びっくりしたよ、あれノノちゃんだよね?」

魔狼が襲いかかった瞬間、尋常でない殺気を感じた。

それは間違いなく、制止の声を上げたノノから発せられたものだった。

力を失ったとはいうが、クロガネはかつて邪竜と恐れられた存在だ。

その娘であるノノが凄まじい力を秘めていても何ら不思議ではなくて……。

「あれ……?」

そこでシオンはふと気付く。

「でもそんなに強いなら、グルドなんて一発で倒せたんじゃないの？」

「よく分かんないけど……ノノは強くなんかないの」

ノノは眉を寄せ、力なくかぶりを振る。

そうして片手を翳し、その言葉を口にする。

「《ふれあ》」

「わっ」

ノノが唱えたのは火炎魔法だ。

また先ほどと同じく凄まじい力が吹き付ける。シオンは灼熱の炎が襲い掛かってくることを確信し、身構えるのだが……ただぬるい風だけがシオンの頬を撫でた。

「あ、あれ……？　熱くない？」

「ね？　ノノ、竜人族の落ちこぼれなの」

ノノは寂しそうに笑う。

先ほど翳した右手のひらには竜神紋が輝いていたものの、それはすぐにふいっとかき消えてしまう。その手を見下ろしながら、ぽつりぽつりと話してくれた。

「魔法はひとつも使えないし、ドラゴンにもなれないの。そういうの、落ちこぼれって言うんだって、本で読んだの」

「クゥン……」

魔狼が悲しげな声を上げてノノに擦り寄る。

その姿はひどく痛ましいものであり、シオンは強い違和感を抱くのだった。

(あんなに凄まじい力を持っているのに……？)

ノノの力は、おそらくダリオやシオンに匹敵するレベルだ。

それなのにまともに魔法が使えないという。素質は間違いなく有しているので、無神紋のシオンが落ちこぼれだったのとはわけが違う。

ノノはうつむき、辛そうに小さな声を絞り出す。

「このままずーっと、ノノはおとーさんや、おかーさんみたいに、立派な竜にはなれないのかな……」

「そんなことないよ」

ノノの震える手を、シオンはぎゅっと握りしめた。

「きみは絶対に強くなれる。だから諦めないで」

「おにーちゃん……」

ノノはそっと顔を上げる。

目尻には小さな雫(しずく)が浮かんでいたが、彼女はにっこりと笑ってみせた。

「ありがとう。ノノ、これからもたくさん勉強がんばるの」

「ガウッ」

「ふふ。狼さんもありがとうなの」

魔狼も彼女を励ますように尻尾を振った。

そんな種族を超えたやり取りに、シオンは胸が温かくなるのだが——ふと眉をひそめた。

「でも……そういうことなら危険すぎるよ」

シオンは洞の中から顔を出し、そっと森をうかがう。

木々は鬱蒼と立ち並んでいて、奥に向かうにつれて暗くなっていた。

獣の咆哮もかすかに届く。

魔法の使えないノノがひとりで出歩いていい場所だとは思えなかった。

「竜人族は今、他種族に狙われているんだろ？　このままえグルドに攫われたこともあるし……ひとりでここに来るのはやめた方がいいよ」

「分かってる、けど……この子のことが心配だし……」

「グゥ……」

ノノは泣きそうな顔をして、狼も困ったように頭を下げる。

そんなふたりを見て、シオンはかすかな痛みを覚えた。

そうなれば、やるべきことなどひとつしかない。どんっと胸を叩いて言う。

「よし、こうしよう。これからは俺が付き添うよ」

「おにーちゃんが……？」

「うん。そしたらもう安全だからね」

ノノの顔を覗き込み、にっこりと笑う。

「俺がきみを守る。だから安心して、ノノちゃん」

「おにーちゃん……うん！　ありがとう！」

「ガウッ！」

「あはは、く、くすぐった……うぶっ!?」

魔狼にもどうやらそれが伝わったらしい。

顔をべろんと舐められて、シオンは小さく呻くのだった。

五章　魔狼

それから三日後のことだ。

この日もシオンはノノとともに、高く日が昇った頃合いに一緒に墓所まで向かった。手にしたバスケットの中身は魔狼のご飯と包帯だ。

森を抜けると、石碑の立ち並ぶ草原が見える。

いつもは静かなその場所で――。

「あれ、ヒスイさん……？」

「む。人間……それにノノ様か」

ヒスイとばったりと出くわした。

その背後には、先日シオンに突っかかった兵士らが控えている。

彼らが祈りを捧げていたのは、まだ真新しい石碑だった。

多くの花が供えられており、多くの者に慕われているのだと読み取れる。

（誰のお墓なんだろう……？）

シオンはふとした疑問を抱くのだが、それはすぐに消え去った。

「貴様ぁ……よくもやってくれたな!?」

「えっ、な、何ですか？」

何故かヒスイの部下のひとりが、殺気全開で睨み付けてきたのだ。

先日、シオンに因縁を付けてきたハヤテという兵である。

そのあまりの気迫に、シオンは思わず面食らってしまう。

先日彼らと衝突しかけたときは、クロガネがうまく仲裁してくれた。

そのおかげか、これまで大きな衝突はなかったのだが……突然これだ。

何か粗相をしたかと記憶を探るが、思い当たることはない。

(ここ最近はずっとレティシアの修行を見守ったり、ノノちゃんに付き合ったりと……大人しくしてたはずだけど!?)

狼狽（うろた）える中、そこでノノが歩み出てハヤテにおずおずと言う。

「け、ケンカしちゃダメなの。みんな、仲良くしてほしいの」

「っ……！　はっ、申し訳ございません！　ノノ様！」

ハヤテは姿勢を正し、綺麗な敬礼をしてみせた。

そうしておずおずとシオンに歩み出て、苦悩するようにかぶりを振る。

「仕方ない……ノノ様のご命令だ。貴様のことを認めよう、人間」

「はあ……ありがとうございます？」

「人間じゃなくてシオンおにーちゃんなの。ちゃんと仲良くして」

「シオン！　これからおまえは我らの義兄弟だ！」

「あ、あの、どうかご無理はなさらずに……」

がしっと握手されるものの、彼の笑顔はひどく強張っていた。

さすがに気まずいのでそっと距離を取ると、その他の兵士らがノノを取り囲む。

みなが浮かべるのは満面の笑みである。

「ノノ様、先日のこともありますし、どうかお気をつけくださいね」

「ありがとうなの。みんなもお仕事がんばってね」

「ノノ様、先日はうちの祖父（じい）さんに薬を調合してくださってありがとうございます！　後でお礼の品を館までお届けしますね、ケーキを焼いたんです」

「わあっ、楽しみなの。おかーさんといただきます」

ノノがぺこりと頭を下げると、兵士らはますます破顔して盛り上がった。

それをシオンは遠巻きに眺めて嘆息する。

「す、すごい人気ですね、ノノちゃん」

「ふっ、当然だ」

ヒスイは柔らかく笑う。

目を細めてノノを見つめ、ため息をこぼすようにして続けた。

「あの方はクロガネ様の血を引く、我らの宝だ。里の者はみなお慕い申し上げているよ」

「そうですか……」

シオンはそんな彼女の言葉にほっとするのだった。

（よかった。ノノちゃんは自分のことを落ちこぼれだって言ってたけど……味方がたくさんいるんだなあ）

蔑まれ、嘲笑われていた昔のシオンとは違う。

そのことが胸を温かくした。

しかし、ふと先ほどのことを思い出して渋い顔をしてしまう。

「ひょっとして……さっき、ハヤテさんが俺に突っかかってきたのは……」

「最近、おまえはノノ様とよく一緒に行動しているだろう。そのせいで一部の者は反感を覚えているらしい」

「わ、分かりやすいひとだなあ……」

うかがい見れば、ハヤテはノノに叱られながら嬉しそうにしていた。

どうやらかなりのファンらしい。

そんなやり取りをヒスイは目を細めて見守っていた。しかしふとその笑みを取り払い、低い声を絞り出す。

「ノノ様は我らの宝だ。それをあの、グルドの奴め……離反するだけでは飽き足らず、ノノ様の命まで奪おうとするとは万死に値する。必ずや我が手で見つけ出し、引導を渡してやらねば」

「あのひと、まだ見つからないんですね……」

里を襲撃し、シオンがうっかり斬り捨ててしまった裏切り者。

死体は湖から上がらず、あれ以降もまんまと逃げおおせているらしい。

「俺も捜すのを手伝いましょうか？」

「いや、それには及ぶまい。仕留めたいのはやまやまだが、谷を出た可能性もあるからな」

ヒスイは残念そうにかぶりを振ってから、またかすかに笑みを浮かべてみせた。

「グルドのことより、おまえにはノノ様を任せたい。頼まれてもらえるだろうか」

「俺はかまいませんけど……ヒスイさんはいいんですか？　皆さんが大事にしているノノちゃんに、よそ者が近付いても」

「なに、あの方の見る目に狂いはないだろう」

ヒスイはあっさりそう言って、シオンに顔を近付けて声をひそめる。

「実を言うとな。これでもおまえには感謝しているんだ」

「へ？」

「誤魔化さなくていい。手負いの魔狼に会いに行くんだろう」

目を瞬かせるシオンに、彼女はくすりと笑ってみせた。

「里の者は皆気付いていたんだ。その上で密かに見守っていた」

「そうだったんですか……」

「ああ。魔狼族はこの先の山を根城にしているんだが……」

ヒスイが見やるのは北の方角だ。

深い森が広がる向こうには、白い山が聳えている。

あれが彼女の言う、魔狼族の住み処なのだろう。

「近ごろの魔狼族は不穏な動きを見せている。そんな相手と関わるのは得策ではないだろう？　だが、ノノ様の救いたいという思いも無下にはできず……見て見ぬふりをしていたんだ」

万が一のことがあれば助け出せるように、ヒスイらは密かに監視の目を光らせていた。

しかし魔狼はノノに心を許したようで、ひとまず安心していたらしい。

「だが……そこでグルドの件が起きた。不覚としか言いようがない」

ヒスイはかすかに顔をしかめ、改めてシオンに向き直る。

そうして――彼女は深々と頭を下げてみせた。

「御屋形様とノノ様を助けてくれてありがとう。礼を伝えるのが遅くなって、すまなかった」

「そんな。俺は当然のことをしたまでですよ」

「ふっ……見ず知らずの他種族を救うのが『当然のこと』なのか。おまえはやはり変わっているようだな」

ヒスイは槍を持ち替えて、そっと右手を差し伸べる。

「おまえはよそ者だが……普通のよそ者とはどこか違うようだ。だから少しばかり、信じてみることにしたよ」

「っ、ありがとうございます」

シオンはその手を握り、軽く頭を下げた。

兵士らだけでなく、里の住民の中でもシオンらへ懐疑的な眼差しを向ける者はまだ多い。そんな中で歩み寄ってきてくれた彼女の言葉は、ひどく胸に響いた。

シオンは握手したばかりの右手を見下ろし、ぐっと握る。

(旅での出会いって、いいものなんだなあ……)

ダリオは美女との出会いを旅の醍醐味だと言っていた。

だが、こうして種族も思想も異なる人々と出会い、絆(きずな)を深めることも——旅の良さなのだと理解した。こんなこと、故郷の町でくすぶり続けていたら一生学べなかったことだろう。

シオンはじんと感じ入りつつハキハキと言う。

「信頼に応えられるように精進します。俺にできることがあれば何でも言ってください」

「何を言う。おまえはすでに立派な働きをしている」

ヒスイはシオンの肩をぽんっと叩く。

そうして笑みを取り払い、完全な真顔で言うことには——。

「あの、ダリオとかいう者を制御するなど……我らにはとうてい不可能だ。今後とも奴が面倒ごと

を起こしたら対処してくれ」

「うちの師匠が本当にすみません……」

シオンは平身低頭するしかない。

クロガネの前に姿を現して以降、ダリオはすっかり我が物顔で里を闊歩するようになっていた。

顕現できる時間は今でも限られており、そのほとんどはレティシアの修行に付き合っている。

しかしそのわずかに空いた時間で、様々な揉め事を起こしていた。

あるときは竜人族の若者たちに絡まれてぶっ飛ばし――。

『くくく、もう一度言ってみるがいい。誰が薄汚い人間の小娘だって？』

あるときは飲み比べを挑まれて――。

『師匠!?　ストップ！　ストップです！　それ以上は本当に死んじゃいますから！』

『だーっはっはっは！　この程度で潰れるなど口ほどにもない！　まだまだ樽で持ってこーい！』

『あの、みなさん大丈夫ですか？　これお水です』

そんな感じで、あちこちで暴れ回っているのだ。

その仲裁に駆り出されるのはもちろんシオンの役割で。

（つまりヒスイさんの態度が柔らかくなったのは……師匠のおかげってことなのか？　相対評価ってわけか……）

当人はそんなことはまったく考えていないだろうが、怪我の功名というやつである。

ヒスイはくすりと笑う。

「とはいえあの者も不思議と憎めぬな。豪放磊落(ごうほうらいらく)というか、見ていて面白いというか、何というか……レティシアの方は、昨日も里の老人らに呼び止められて話をしていたよ。子供らもよく懐いているようだ」

「あはは、あの子らしいですね」

レティシアもすっかり竜人族らと信頼関係を築いていた。

どうやら回復魔法での治療がたいへん効いたらしく、今では修行の合間にあっちこっちの集まりに呼ばれて顔を出し、お菓子などをたんまり持たされて帰ってくる。

「ちなみにあのふたりはどこに？　またあの泉か？」

「いえ、今日はまた別の修行場があるとかで……朝早く出て行きましたよ」

「ふむ……ふたりだけで大丈夫なのか？　少しここから離れるだけで他種族の領域だぞ」

「あはは。師匠が付いてるから問題ありませんよ」

ヒスイの心配をよそに、シオンは朗(ほが)らかに笑うだけだ。

たしかに最初はシオンも大いに心配した。

しかしダリオはあっけらかんと言ってのけたのだ。

『なあに、安全安心な修行スポットを見つけてな。ピクニックがてら遊びに行くだけだ』

『なら、俺も一緒に――』

『お師匠さん！　お弁当の準備ができましたよー！』

『おおっ！　でかしたぞ、レティシア！　どれどれ、ニガヨモギのサンドイッチに、ビドクガエルの玉子焼き。なんと、デザートは鬼辛子プリンか！　今から飯時が楽しみだな！』

『えへへ。ピクニックなんて初めてだから張り切っちゃいました。あっ、シオンくんも一緒に行きますか？　だったら追加でもう少し料理を作って——』

『あっ、ごめん！　今日はノノちゃんと約束があるんだ！　だからふたりでごゆっくり！　ね!?』

こうしたのっぴきならない事情で、シオンはふたりを見送ったのだ。

（ま、ピクニックがメインみたいだし……放っておいても大丈夫かな）

ため息をこぼすシオンに気付くことなく、ヒスイは兵士らに声をかけた。

「定期報告はこの辺りにしよう。皆の者、そろそろ警邏の続きに行くぞ」

「はい！　ノノ様、また後で」

「みんな行ってらっしゃいなの」

ノノは彼女らにニコニコと手を振る。

それにヒスイは目を細め——胸に手を当て、すぐ目の前の碑石に敬礼を送った。

「行って参ります。ビャクヤ様」

他の兵士らもそれに倣い、短い黙禱を送った。

心からの敬意が伝わってくる。シオンは小さくため息をこぼし、碑石をそっとのぞき込んだ。

「ビャクヤさんか……ひょっとして、ノノちゃんのお父さん？」

「うん。みんなよく遊びに来てくれるの」

「当然でございますよ。里にいる者は、みなあの方の世話になりましたから」

ヒスイは誇るように声を弾ませる。

しかし、またすっと鋭い目をして虚空を睨め付けた。

「グルドもかつてビャクヤ様に命を救われたひとりのはず。それなのにまったくあの者ときたら……八つ裂きなど生ぬるい。次に会ったときには、肉の一片たりとも残さず葬り去ってくれる」

「ひ、ヒスイさん。ノノちゃんが怖がってますよ」

「おっと失礼。それではノノ様、どうぞお気を付けて」

「う、うん。それじゃ行こっか、おにーちゃん」

「そうだね……っ!?」

ノノが差し出した手を握ろうとする。

しかしシオンは咄嗟に彼女を抱き寄せ、覆い被さった。

その、刹那の後に――。

『キャウンッ……――？』

苦しげな獣の悲鳴が、北の山から轟いた。

それはひどく胸騒ぎのする声だった。歩き出しかけていた兵士らも足を止め、顔を見合わせる。

「今の、は……!?」

「ガウアアッ！」

次の咆哮(ほうこう)はすぐ近くで放たれた。

墓所近くの茂みを切り裂くようにして、あの白銀の魔狼が飛び出してくる。

彼はシオンらの頭上を飛び越え、脇目も振らずに北の山を目指して疾駆した。

あっという間に見えなくなったその背に、ノノが悲痛な声を上げる。

「ま、待って……！　動いちゃダメなの！　まだ、ケガがちゃんと治ってないのに……！」

「ノノちゃん、落ち着いて」

シオンは彼女の肩にそっと手を置く。

そうして魔狼が目指した北の山を見上げた。

山裾までが雪で覆われたその姿は、立ち入る者を阻むべく睨(にら)みを利かせているようだ。

白銀の峰をじっと見据え、シオンはヒスイに声を掛ける。

「ヒスイさん。俺、ちょっと様子を見てこようと思います。かまいませんか？」

「……ならば私も同行しよう。何か良からぬ予感がする」

ヒスイは少し顔を強張らせたまま、部下らに命を下す。

「おまえたちは里に異変がないか見回ってこい！　急げ！」

「はっ！　了解いたしました！」

兵士たちは我先にと散っていった。

なまぬるい風が墓所を撫でる。

張り詰めた空気の中、シオンはつとめて明るい笑顔でノノに切り出すのだが――。

「それじゃ、ノノちゃんも里に――」

「ノノも行く！」

それを遮って、ノノは大きな声を上げた。

シオンだけでなく、ヒスイまでもがそれに目をみはる。

ノノはつっかえながらも、真剣な顔でシオンを見上げた。

「あの子を助けたのはノノだもん！　ひとりで待ってるなんてできないし……包帯も取り替えなきゃいけないの！　だから、おねがい！　おにーちゃん！」

「ノノちゃん……」

シオンは言葉に詰まる。

ノノの小さな肩は震えていた。

先ほどの咆哮が、尋常ならざる事態の証しだと理解しているのだ。

それでも誰かを助けるため、彼女は勇気を振り絞った。

シオンはそれに応えたかった。小さく息をつき、ヒスイを振り返る。

「ヒスイさん。ノノちゃんのことは、俺が必ず守ります。だから……」

「みなまで言わずとも良い」

ヒスイは軽くかぶりを振ってしゃがみこむ。

ノノと視線を合わせ、どこか遠くを見るようにして目を細めてみせた。

「ビャクヤ様を思い出しました。あの方もよくそう言って、我が身を顧みず走り回っていらっしゃいましたから」

「おとーさんが……」

「はい。あなたは紛れもなく、あの方の血を継いでいらっしゃいます」

ヒスイはノノの頭をそっと撫でてから小さく息をつく。

その瞬間、彼女の背に竜の翼が現れた。大きく羽ばたき浮かび上がり、ヒスイは声を張り上げる。

「行くぞ、シオン。ノノ様を頼む！」

「はい！　しっかり摑(つか)まっててね、ノノちゃん！」

「うん！」

ノノを背負い、シオンはヒスイの後を追って駆け出した。

こうして三人は一路、遥かにそびえる銀嶺を目指したのだった。

◇

魔狼の向かった方角を目指して走るうち、景色が一変した。

鬱蒼と茂る広葉樹の森を抜ければ、ぽつぽつと針葉樹の立ち並ぶ大雪原が現れる。

空は一面に灰色の雲が広がっている。聞こえるのは、綿雪が地表に落ちるかすかな音だけ。

まるで時が止まったような場所だ。

見渡す限りの白銀の世界に、シオンは思わず足を止めてしまう。

「すごい雪ですね……この地方って、気候は温暖なはずなのに」

「レティシアが修行する泉があるだろう。あのように魔力が溜まりやすい場所というのが、黒刃の谷には数多く存在する」

すこし頭上を飛んでいたヒスイが降りてくる。

雪面に着地したその瞬間、竜の翼は幻のように消えてしまった。

「この山もそのひとつだ。魔力のせいで年中雪に覆われていて……飛行には向かん。ここからは私も歩きだ」

「でも、そのおかげで追跡はしやすそうですね」

雪原には大きな獣の足跡がまっすぐ刻まれていた。

それは山頂を目指しており――シオンらが再び歩き出そうとした、そのときだ。

ドガァッ！

離れた場所から轟音が上がった。

音はさらにいくつも続き、それに紛れるようにして獣の咆哮が轟いた。

「行きましょう、ヒスイさん！」

「もちろん！」

シオンは迷うことなく駆け出した。

ヒスイもそれを追い、三人はまっすぐその声が聞こえる場所へと向かった。

雪原はどこまでも同じような景色が続く。

しかし平野の一角に、自然とは異なる色彩が見えた。

近付くにつれて――それが異形の魔物であると分かる。

ヒスイが雪原を駆けながら目をみはった。

「オーガ族……!?」

そこにいたのは三匹の魔物だ。

シルエットはずんぐりとした人型だが、その上背は見上げんばかりに巨大である。てらてらと輝く皮膚は青色で、大きく裂けた口からは何本もの牙が覗いていた。

それが手にした鉄棒を軽々と振り回し、包帯の魔狼を囲んでいる。

「しネ！」

「ガウウッ、ガアッ！」

「グゥ……」

魔狼は鉄棒にも臆することなく果敢に挑む。

その背後には、また別の魔狼が雪の中に身を横たえていた。体中傷だらけで息も絶え絶え。それを包帯の魔狼が庇っているのだと一目で分かった。

シオンはぐっと脚に力を込める。

「っ、おにーちゃん！　おねがい！」

「もちろん！」

背の声援を受け、手加減なしの全力疾走。

爆音とともに雪が大きく舞い上がり、津波のように遥か後方へと襲いかかる。

それに気付いたオーガたちが顔を向ける。

しかしそのときには――彼らはシオンの間合いにいた。

「『ギャバッ!?』」

抜き放った魔剣を上段に構え、彼らの間を滑り抜けるようにして斬り捨てる。

三つの断末魔の声が重なった。魔物の体は血飛沫を噴き上げてぐらりと傾ぎ、雪原へとほぼ同時に倒れ込む。

シオンの背から飛び降りて、ノノは倒れた魔狼へと駆け寄った。

「狼さんのおともだち！　今すぐ手当てするの！」

「グルゥ……？」

「あなたの包帯も換えるから、待っててなの」

現れたノノに、魔狼は大いに戸惑っているようだった。

まさか追いかけてくるとはゆめにも思っていなかったらしい。ノノは懐から薬と包帯を取り出して、ひとまず倒れた魔狼へと治療を施していった。

シオンは剣を納め、事切れた魔物を見下ろす。

初めて目にする魔物だが、書物などでその悪名は知っていた。

「オーガ族ってたしか、ゴブリンの上位存在でしたっけ？」

「知能もパワーも、奴らとは桁違いだ。一匹一匹がゴブリンキングに相当する」

ヒスイが険しい顔で応えてみせた。

ゴブリンキング。

並のゴブリンを遥かにしのぐほど大きく成長した個体のことだ。

生半可な冒険者では歯が立たず、シオンもかつて窮地に追い詰められたことがある。

あのときはダリオが颯爽と助けてくれて、それが彼女との出会いになったのだが――。

(なるほど。ゴブリンキング程度の相手なら、もうあっさり勝てるってわけか)

かつての強敵を、いつの間にか軽々と追い抜いてしまっていたらしい。

シオンは小さな感慨を噛みしめる。

その間も、ヒスイは眉をひそめてオーガたちの死体を検(あらた)めていた。

「こいつらは南の湿地を住み処にしていたはず。何故こんな場所にいるんだ……？」

「ま、待ってなの!?」

そこでノノが叫んだ。

見れば包帯の魔狼が動き出そうとしていた。

倒れた魔狼の手当ては進んでいるようだが、包帯の彼も無事では済んでいない。開いてしまった傷口から小さな血の雫がこぼれ落ち、雪面に落ちて雪をじわりと溶かす。

その前に、ノノは大きく両手を広げて立ちはだかった。

「ダメなの！　ひとりで行くなんて危ないの！」

「ガウッ……ウウ」

魔狼は尾を下げ、困ったようにか細く鳴く。

恩人であるノノを押しのけて行くのを躊躇っているようだ。

「ノノちゃん、どうしたの？」

「あのね、この先に……この子のおかーさんが、捕まってるんだって」

ノノは青い顔でぽつぽつと語る。

彼の母親は、どうやら魔狼族の長らしい。

ずっと昔からこの山を治め、仲間たちを守ってきたという。

「でも、少し前にオーガさんたちがやってきて、おかーさんを捕まえたの。それからこの子も仲間

のみんなも……ずっと酷い目に遭ってるの。こっちのケガした子は兄弟で、いっしょに逃げたけど
はぐれちゃってたんだって」

「……なるほど、そういうことですか」

ヒスイは小さくため息をこぼす。

オーガの持っていた鉄棒を拾い上げて、軽々と折って捨てる。

「竜人族の地位が落ちた今のうちに、他種族の領土を手に入れておこうという腹づもりだったので
しょう。むやみな侵略行為はクロガネ様が禁じておりましたから」

「脅かされているのは、竜人族の里だけじゃないってわけですね」

シオンはノノが指さした方角に目を向ける。

切り立った崖が続くその先には、雪の中に埋もれるようにして人工的な建造物が覗いていた。

折れた柱があたりに転がり、建物自体はなかば倒壊しかかっている。それでも開いた大穴からは、
炎の灯りがちらほらと見える。

「あれは大昔の遺跡かな……根城にはもってこいか。どうします、ヒスイさん。手出しするかどう
かは、今の竜人族としては難しい判断かと思いますが」

「そう、だな……」

ヒスイは顎に手を当てて考え込む。

クロガネが力を失った今、竜人族にかつてのような支配力はない。

そんな中、同盟関係でも何でもない二種族の争いに割って入るなど、悪手にもほどがある。

それはシオンにも分かっていた。

だが、そこで柔らかな笑みをノノへと向ける。

「ノノちゃんはどうしたい？」

「えっ」

ノノはきょとんと目を丸くする。

意見を求められるとは思ってもみなかったらしい。シオンはそんな彼女の前にしゃがみ込み、目線を合わせてなおも問う。

「この子を最初に助けたのはノノちゃんだ。だから、きみがどうしたいのか聞かせてほしい」

「ノノ、は……」

ノノは言葉を呑み、魔狼にそっと視線を向ける。

魔狼は悲しげな目でじっと遺跡を見つめていた。

その姿に、ノノはぐっと拳を握る。シオンを真っ向から見据えて、すべての思いを声に乗せた。

「ノノは……この子も、この子のおかーさんも助けてあげたい！　お願い！　おにーちゃん！」

「分かった」

シオンは大きくうなずいた。

そのまま魔狼に向き直り、まっすぐに告げる。

「お母さんのことは俺が何とかする。だから、ひとりで無茶をしないでほしい」

「グルゥ……」

言葉は通じたようだが、魔狼はシオンを睨み付けて低く唸る。

人間を完全に信用することはできないらしい。そこでノノが間に割って入ってくれた。

「お願い。ノノたちに任せてほしいの」

「グゥ………ワフッ」

魔狼はしばし考え込んだ末、シオンらに頭を下げてみせた。

どうやら分かってもらえたようだ。

ホッとしつつ、シオンはヒスイに頭を下げる。

「そういうわけで……ヒスイさんは里に戻っていただけますか？　俺が勝手にやったことにしますので」

よそ者が暴走し、他種族の争いに介入した。

シオンひとりで乗り込めば、そうした言い訳も可能だろう。

しかしヒスイは眉をひそめて渋面を作る。

「何を言う。貴様にだけ任せていられるか。そういうことならば私も行こう」

「えっ、でも大丈夫なんですか……？　竜人族の立場として」

「何、問題はあるまい」

ヒスイはからりと笑い、ノノの前にひざまずく。

そうして深々と頭を垂れてみせた。

「あなたはクロガネ様と……ビャクヤ様のお子。我らの次の族長です。私はあなた様のお心に従いましょう」

「ヒスイ……ありがとうなの」

ノノはぱっと顔を輝かせる。

しかし、すぐにしゅんとして肩を落としてしまうのだった。

「ふたりとも、ノノのワガママに付き合わせてごめんなさいなの。ノノだけじゃ何にもできないから……力を貸してほしいの」

「何もできないなんて、そんなことないよ」

そんな彼女に、シオンは首を横に振る。

シオンひとりでは、この魔狼を説得することはできなかったことだろう。

「きみが心を込めてケガを治療して、信頼を築いてくれたから、この子は分かってくれたんだ。だからこれはノノちゃんの功績でもあるんだよ。胸を張っていいんだ」

「おにーちゃん……あっ」

そこでノノはハッとして、ヒスイにあたふたと言い訳を始める。

「ち、違うの、ヒスイ。この子はその、さっき会ったばっかりで……！」

「大丈夫ですよ、ノノ様。魔狼のことはクロガネ様もご存じですから」

「ええええっ!?」

「ガウッ？」

すっとんきょうな声を上げるノノに、魔狼はきょとんと首をかしげてみせた。

かくして魔狼たちの手当てを済ませてから、三人と一匹は目的地を目指すことになった。

魔狼の兄弟は傷が深かったため、ひとまず作ったかまくらに休ませておく。

険しい崖を乗り越えて、遺跡を見下ろせる場所からそっと様子をうかがう。

石柱で囲まれた遺跡の中には、大きな中庭があった。そこには多くのオーガと魔狼族がいて——。

「はヤクシロ！　のロマめ！」

「ギャンッ!?」

石塊(いしくれ)を載せた車を牽(ひ)かされる、傷だらけの魔狼族。

それに鞭を打ち、オーガが耳障りな笑い声を響かせる。

そんな悲惨な光景があちこちで繰り広げられていたのだ。シオンは眉をひそめるしかない。

「酷いな……完全に奴隷扱いじゃないか」

「……ノノ様、あまり見てはなりませぬ」

「うう……みんな、ひどいケガなの……」

ノノは胸の前でぎゅっと手を握りしめた。

魔狼はそれを静かに見つめるばかりだ。

ノノの説得が効いたのか、飛び出すそぶりは見られない。

かわりに低く唸り、小さく鳴く。

「ガウッ……！」

「なんて言ってるの？」

「おかーさんの場所なら分かるって。ここの地下に、他の狼さんたちと一緒に捕まってるみたいなの」

「ならば、そちらを先に当たりましょうか」

「そうですね。敵の戦力も分かりませんし」

見たところ、どのオーガも同じような個体だ。

こうした軍団には、統率を取るリーダーがいるはず。それこそあのゴブリンキングのような。リーダーがどれかも分からない内に、強攻策を採るのは得策ではない。

そういうわけで、ひとまずの方針が決まった。

シオンらはオーガたちの隙をつき、遺跡内に侵入。なるべく敵と接触しないよう注意しながら地下を目指した。魔狼はよく鼻が利くようで、道案内は的確だった。

やがて下りの長い階段を下りた先――。

「ギギャッ!?」

「なニ、ガふ!?」

見張りの二匹を手早く切り倒せば、そこには広い鍾乳洞が広がっていた。

入り口付近はたいまつの明かりが数多く灯されており、地下とは思えないほどに明るい。

その光に照らし出されるのは、数多くの檻だった。木製で不恰好(ぶかっこう)なものばかりだが、そのすべてに血で描いたような赤黒い紋様が刻まれている。

封印の魔法が施されているのが一目でわかった。

ヒスイは檻の中を見て、顔をしかめてみせる。

「オーガどもは節操というものを知らんのか。魔狼族以外にもこんなに手を出していたとは」

「人質……ですかね？」

魔狼族にヴォーパルバニー、アルラウネ、ケットシー……様々な魔物たちが、檻の中に押し込められていた。どれも痩せ細り、怪我(けが)を負って弱っている。檻の大きさが体に合わず、翼が折れてしまっている者もいた。

か細く鳴く彼らを前に、ノノの顔がますます青ざめる。

「かわいそう……おにーちゃん、ヒスイ。この子たちも助けてあげてほしいの」

「もちろんです。ここまでの蛮行、見過ごすわけにはまいりません」

「この子のお母さんは……奥ですかね」

「ガウッ！」

シオンが洞窟の奥に目を向けると、魔狼は我先にとまっすぐ駆け出していった。

慌ててその後を追う。

奥に向かうにつれて灯りは減っていった。

暗がりに目が慣れるころ——目的のものが三人の前に現れる。

「グルゥ……ガウワウッ！」

「……ウ、ゥ」

それは、見上げんばかりに巨大な檻だった。

丸太を組み合わせて作ったその外枠には、特別びっしりと血の紋様が描かれている。

中に封じられているのは漆黒の狼だ。巨大な檻でもその体軀を収めきるのは困難なようで、精一杯体を丸めている。体には多くの真新しい傷跡が刻まれていた。

どうやら、それが母親らしい。子供は檻の前で落ち着きなくうろつく。

ヒスイもまたその檻を見上げて顔をしかめてみせた。

「また厳重な封印だな……触れただけで強烈な呪いがかかる仕組みだ。竜人族の私でも、これは——」

「えい」

バギィッ！

シオンは檻に手を掛け、力任せにへし折った。

その瞬間、丸太はすべてはじけ飛び、そこから生じた赤黒いオーラがシオンに襲いかかってくるのだが――。

「うわっ、なんだこれ。しっし」

ぺしっと手のひらで払っただけで、オーラは雲散霧消(うんさんむしょう)した。

あとには横たわった狼と、ただの木切れだけが残った。

「えっと、これでもう大丈夫だと思います」

「おまえ……本当に人間か？」

ヒスイは完全に呆れ顔だった。

「ガルッ！　ワウウッ！」

自由になった母親へ、魔狼はすがりつく。

母親は立ち上がる気力もないらしい。それでもシオンが近付こうとすると、ぎろりと眼光を強めてみせた。気が立っているようだし、人間が近付くのは得策ではないだろう。

「やっぱり俺じゃ治療は無理かな……ノノちゃん、説得して手当てしてあげて」

「任せてほしいの！　お薬はいっぱいあるから！」

懐から薬の小瓶と包帯を取り出して、ノノはやる気満々だ。

ひとまずそちらは任せ、シオンは背後に並ぶ数々の檻を振り返る。

「それじゃ後は他の魔物を――」

「どうして、貴様がここに……」

「っ……！」

聞き覚えのある声にハッとする。

暗がりの隅――そこにはまた別の檻があった。

中にいるのは魔物ではなく、シオンも知る顔だった。

「ぐ、グルド……？」

竜人族のグルド。

シオンがクロガネたちと出会うきっかけとなった、里の離反者だ。

先日河原で出会ったときに比べて、その体は満身創痍の有様だ。

片方の角が根本から失われており、上体を乱雑にぼろ切れで巻いている。

シオンの一撃を受けて何とか生き延びたものの、無事では済まなかったらしい。

「ちっ……」

グルドは忌々しげに舌打ちし、顔を背けてみせた。

それに気付き、ヒスイは驚愕に目をみはる。

しかし、すぐに引きつった嘲笑を浮かべるのだ。

「はっ……どこに雲隠れしたかと思えば。手負いのところをオーガどもに捕まったのか。いいざまだな、グルド」

ヒスイは手にした槍をくるりと回し、その切っ先をひたりと向ける。

「この場で会ったのも何かの縁だ。裏切り者には相応しい死に場所だろう」

「……やるなら早くやれ」

熾烈な殺気を向けられても、グルドは投げやりだ。

どうやら命乞いをするつもりは毛頭ないらしく、視線をヒスイに向けようともしない。

しかし、そこで制止の声が響いた。

「ダメ！」

「っ……!?」

その声に、グルドまでもがハッと息を呑んだ。

ノノはヒスイの前に立ちはだかって、毅然とした態度で告げる。

「ケンカしちゃダメなの、ヒスイ。おじちゃんはケガしてるんだから」

「し、しかしこやつは裏切り者です。ノノ様だってこやつに――」

「……おかーさんが言ってたの」

ノノはそっとグルドを振り返る。

目の前にいるのは、かつて自分に刃を向けた者だ。

ノノは肩を震わせながらも、恐怖を唾と一緒に飲み込んで言葉を絞り出す。

「おじちゃん……ノノのおとーさんがお星様になって、里を出て行ったんでしょ。おじちゃんは、

おとーさんと仲良しだったから」

「……仲良し、か。そのような言葉、恐れ多いにもほどがある」

グルドは瞑目し、長いため息とともに言葉を絞り出す。

それは誰に聞かせるでもない、ただの独白だった。

ノノはヒスイに向き直り、きっぱりと告げる。

「おとーさんなら、ケガしたひとをいじめたりしないの。だからダメ」

「わ、分かりました……」

ヒスイは不承不承といった様子で槍を引こうとする。

しかし、そこでグルドがノノの背を睨みながら、小声でつぶやいたのだ。

「おまえさえ……おまえさえ生まれなければ、すべて――」

「っ、グルド！」

ヒスイの怒号が地下空間に爆ぜた。

白銀の光が奔り、グルドの檻が弾け飛ぶ。

飛び交う幾多の木片たち。それらの間をすり抜けるようにしてヒスイの槍がまっすぐグルドの心臓を狙い澄まし――肉を貫く寸前で、シオンがそれを素手で受け止めた。

なるべく静かな声で彼女に告げる。

「落ち着いてください、ヒスイさん。ノノちゃんに止められたばかりですよ」

「だ、ダメなの、ヒスイ！　めっ！」

「…………ちっ」

ヒスイは長い逡巡（しゅんじゅん）の末、殺気を収めてみせた。

今度こそ槍を収め、グルドに背を向ける。

「ノノ様のお心に感謝しろ。そして……二度と我らの前に顔を出すな」

「…………ああ」

グルドは項垂（うなだ）れ、か細い声を絞り出した。

彼が再びノノに害意を向ければ、シオンも当然排除に動いた。

だが、片角となった男からは、闘志どころか、もはや生気すら感じられない。敵に回ることは二度とないだろう。

シオンは男から視線を外し、洞窟をざっと見回す。

檻の数は膨大だ。

魔狼の母親だけでなく傷付いた魔物も多いし、彼らの救出には時間が必要になるだろう。

シオンは魔剣を抜き放ち、天井を指し示す。

「それじゃ、俺が上で騒ぎを起こして敵を引きつけます。その間に、ヒスイさんは他の魔物を解放していただけますか」

「……了解した。この程度なら私にも壊せる」

そう言って、ヒスイは手近な檻を破壊してみせた。

どこか粗雑なその手つきに、言い知れぬ苛立ちを感じ取ったが……シオンは追及しなかった。

（このひとたちの間には、何か秘密があるのかな……）

かすかな疑問を抱きつつも、今はすべきことをするだけだ。

シオンはノノの頭をぽんっと叩く。

「ノノちゃんは治療係だ。できるかい？」

「うん！　たくさん頑張るの！　あっ……」

そこでノノはハッとして、グルドをそっと振り返った。

そのままおずおずとした足取りで彼へと近付くものだから、シオンだけでなくヒスイもまた肝を潰す。

ふたりが武器に手を掛け、じっと見守る中――ノノがとうとうグルドの前に立つ。

「お、おじちゃん。あのね……」

おずおずと切り出して、ノノは懐から小さな小瓶を取り出した。

緑色の液体が詰まったそれを、グルドの足下にそっと置く。

「これ、傷に効くお薬なの。よかったら使ってほしいの」

「っ……！」

グルドは今度こそ言葉を失った。

ノノが駆け足で離れたのを見送って、残された左腕で薬の小瓶を拾い上げる。

それを胸の前で握りしめ、彼はかすれた声を漏らした。

「ビャクヤ様と……同じ薬か」

「……まったく。そんなところまであの方に似なくてもいいではないですか」

ヒスイはため息交じりに薄く笑う。

ノノに優しい目を向けてから、彼女はこちらに向き直った。

「ともかくここは任せろ。頼むぞ、シオン」

「もちろんです。全力で暴れてきます」

シオンは軽くうなずいて、魔剣を手にして元来た階段を上っていった。

六章　共同戦線

オーガたちが占拠していた遺跡は、どうやらかなりの年月を経たものらしい。

石壁は崩れている部分も多く、内部にもうずたかく雪が降り積もる。それでも数多くの部屋があり、そのすべてに略奪の形跡があった。

どうやらここにはかなりの宝物が蓄えられていたらしい。

「ひょっとして……師匠なら何か知ってるのかな？」

遺跡の廊下を走りながら、シオンは独り言つ。

そのついでに物陰から飛び出してきたオーガを斬り伏せた。

「ギャウッ!?」

ずんっと重い音を立てて石床に沈む鬼。

それを飛び越えて、何匹もの追っ手がシオン目指して向かってくる。

地上に上がってすぐ敵の数匹と出くわしてから、シオンは彼らを引きつけながら遺跡をでたらめに走り回っていた。それなりに騒がしくやったため、侵入者の一報はオーガたち全体に伝わったことだろう。

(でも、もう少し引きつけておかないと)

地下の救出が終われば、ヒスイが合図を送ってくれる手はずになっていた。

まだその兆候は見られない。シオンは背後を振り返り、呪文を唱える。

「《アイス・ランス》！」

数多(あまた)の氷柱(つらら)が虚空より生じ、撃ち出される。

横殴りの雨のようなそれらの集中砲火を受け、何匹ものオーガが吹き飛んだ。

しかし、また廊下の曲がり角から新手が後から後から湧いてくる。

「うーん、キリがな――おっと！」

ぼやいた矢先、横手の壁から光が差した。

シオンは身を低くして前方へと滑り込む。

その刹那――。

ドゴォッ!!

『ギャグッ!?』

突如として放たれた白い光芒(こうぼう)が、シオンを追っていたオーガたちを壁ごと焼き払った。

あとには骨ひとつ残らない。

あたりにパチパチと弾ける紫電に、シオンは目をすがめる。

「これは……電撃か。大ボスのお出ましかな」

シオンは剣を構えつつ、壁に空いた穴から中をそっと覗き込む。

見れば何枚もの壁がぶち抜かれている。その先にあったのは、これまで遺跡で見た中でもっとも広い部屋だった。

建ち並ぶ柱はどれも太く立派で、絨毯が敷かれていたような形跡もある。

そしてその奥には、巨大な金の玉座が据えられていた。

まさに王に会する謁見の間。

そしてその座に君臨するのは、巨大なオーガの姿だった。

その風体は並の個体とは一線を画している。身の丈は何倍もあり、体表は毒々しい紫色。口から覗く牙だけでシオンの腕くらいの長さがあった。遺跡から奪ったらしき宝飾品を身につけており
──その姿はまさにキングと呼ぶに相応しい。

オーガキングは血のように赤い目を細め、くつくつと笑う。

「きサマか。侵入者とイウノは」

「どうも、お邪魔しています」

シオンは軽い足取りで王の下へと歩み寄る。

他のオーガたちと比べ、言語がかなり明瞭だ。先ほどの一撃もこいつだろう。

(なるほど、生半可な相手じゃ……うん？)

そこでふと、玉座のそばに檻があるのを見つけた。

ボロ布がかぶせられているものの、ちらりと見える足下には影が伸びている。中に何かが囚われているのだ。

(何だ……？　嫌な予感がするな……)

足を止め、ゆっくりと剣を構え直す。

そんなシオンを前にして、オーガキングはけたたましい哄笑(こうしょう)を上げてみせた。

「ガハハハハ！　今日はツイテイル！　メズラシい人間が、マタ手ニ入るノダカラ！」

「それは……どういう意味でしょうか」

「クックック……！　コレを見ヨ！」

オーガキングが、ボロ布のかかった檻に腕を突っ込んだ。

そこから引きずり出したものを、シオンに高々と掲げ上げる。

「同胞がドウナッテモイイノか！　武器ヲ捨テろ！」

「なっ、あ……!?」

それを見て、シオンは絶句する。

「や、やめて……放してください……！」

オーガキングがその手に握るもの。それは人間の少女だった。

長い銀髪を振り回し、涙ながらに悲痛な声を上げる。

その恐ろしい光景を前にして――シオンはわななく足を奮い立たせて叫ぶのだ。

「何をやってるんですか、師匠!?」

「ああん……？　ちっ、ノリの悪い弟子め」

少女――ダリオは演技をぱたっと止め、シオンを睥睨する。

「怪物に囚われた憐れな美少女にかける言葉がそれか？　まったく非人情もいいところよな。それより、汝こそ何故ここにいるのだ。散歩か？」

「あ、あれ？　シオンくん？」

穴の開いた檻から顔を出すのはレティシアだ。

「ム……どウシタ……？」

思っていた反応と違うのか、オーガキングは目を白黒させる。

そんな相手にかまっている暇はない。シオンは声を張り上げて問い詰める。

「ピクニックがてらの修行に出かけたはずでしょう!?　それがどうしてこんなところでオーガなんかに捕まってるんですか!?」

「どうしてって、これがピクニック兼の修行だが？」

ダリオは悪びれることもなく言ってのける。

玉座に腰を下ろしたオーガキングを睥睨し、薄笑いを浮かべてみせた。

「大昔に使っていた宝物庫の様子を見に来てみれば、不届き者が占拠していた。ならばやることはひとつ。鏖殺しかあるまい？　そのついでに、レティシアに初陣を経験させるつもりだったのだ。

で、潜り込んだ。それにいったい何の不都合があるというのだ？」

「不都合しかないですよ！　もっと初戦に適切な相手がいるでしょ、スライムとか！」

「オーガも大した違いはないだろう？　どれも等しく雑魚ではないか」

「曇りのない目だ……!?　これだから大物は困るんですよ！」

シオンは頭を抱えて叫ぶしかない。

てっきり泉での水遊びのようなゆるい修行だとばかり思っていたので騙された。

（こんなことなら、最初から師匠について……いやでもそうしたら、ノノちゃんやヒスイさんが危ない目に遭っていたかもしれないし……！）

このひとに任せたのが、そもそもの間違いだったのかもしれない。

苦悩するシオンをよそに、ゴブリンキングがしびれを切らしたように声を荒らげる。

「下等生物ガ何をゴチャゴチャと……！　黙レ！」

「ふはっ。下等生物か……なかなか面白いことを言うな、貴様」

オーガキングはダリオを握る手に力を込める。

普通の華奢な少女の体ならば、あっさり砕けてしまうほどの膂力だ。

だがしかしダリオは余裕の表情だった。不敵な笑みを浮かべてみせた――次の瞬間。

「下等生物は貴様の方だろうが！」

「グギャアアアッ!?」

ダリオの体から爆炎が噴き出し、オーガキングの体を吹き飛ばした。

遺跡を揺るがすほどの絶叫とともに、すぐそばの壁をぶち破って外へと転がり出る。

オーガキングはうずたかく積もった雪に爛(ただ)れた腕を突っ込み、苦悶(くもん)の声を上げた。

それを一瞥(いちべつ)することもなく、ダリオは敵が落とした宝飾品を拾い上げ、空いた玉座に腰かける。

足を組んで肘掛けにもたれるその様は、まさに真の主の帰還である。

「まったく、我が玉座を穢(けが)しおって。ただで死ねるとは……ああ、いや。いいことを思い付いた」

憤然とした顔でぼやいていたダリオだが、不意にその唇がつり上がる。

(嫌な予感再来だ……)

冷や汗を流すシオンに目を向けて、ダリオは軽く言い放った。

「シオン、レティシア。汝らふたりで、そのデカブツを倒してみせよ」

「はいぃぃ!?」

「私たちふたりで、ですか……?」

檻から這い出てきたレティシアが目を丸くした。

その軽い反応とは対照的に、シオンは玉座の師に迫る。

「無茶言わないでください！　俺はともかく、レティシアには危険すぎます！」

「何を言う。あの程度の雑魚など造作もない」

ダリオは肘をついたまま、鼻を鳴らして笑う。

「汝が見ていない間に、レティシアはたしかに成長した。むしろ練習相手として不足なくらいだぞ」

「だからってこれが初実戦なんですよね!? もっと簡単な相手から始めた方が――」

「分かりました、お師匠さん」

「なんで!?」

レティシアがあっさりうなずいたので、シオンの喉の奥から叫び声が迸った。

彼女の肩をがしっと掴み、うずくまるオーガキングを指さして説得にかかる。

「あれを見てよ、レティシア！ どう考えても初戦の相手じゃないでしょ!?」

「たしかに少し怖いですけど……これまでお師匠さんに教えてもらって、しっかり練習を積んできたんです。頑張ってみます」

レティシアは拳を握って意気込みを語る。

その目は真剣そのものだ。彼女の熱意に、シオンは少したじろいでしまう。

「慎重派のレティシアにしては珍しいね。何かあった？」

「……たくさんの狼さんたちが、酷い目にあっているのを見たんです」

レティシアは少しうつむき、今しがた崩れた壁の向こうへそっと目を向ける。

その先には、シオンも外からうかがった中庭が広がっていた。

並み居るオーガたちが、負傷した王を取り巻き騒然としている。その背後には、傷付いた魔狼族たちが固まってこちらをじっと見つめていた。

「私もシオンくんみたいに、誰かを助けられる人になりたいから……私にもお手伝いさせてください！」

「レティシア……」

そのひたむきな思いを否定することは、シオンにはできなかった。

短いため息を吐いて、小さくうなずく。

「……分かった。そういうことなら俺がフォローするよ」

「っ……ありがとうございます！」

「本当は止めたいところなんだけどね……」

ぱあっと顔を輝かせるレティシアに、シオンは苦笑するしかない。

「言っておくが、自分ひとりで仕留めるなよ。きちんとレティシアにも見せ場を作ってやれ」

ダリオがニヤニヤと口を挟んだところで、数匹のオーガが壁の大穴をくぐる。

彼らは武器を構えてまっすぐシオンらに飛びかかってくるのだが――。

「シネ――ッギャァアアア!?」

目の眩むような雷撃が迸り、オーガたちを容赦なく打ち据えた。

黒い煙を上げて倒れた彼らを見やり、ダリオは赤い舌でぺろりと唇を舐める。

「そのかわり、邪魔者は我が排除してやろう。ありがたく思うがいいぞ」

「そいつはどうも……！」

釈然としないが、一応お礼を言っておく。

そんなやり取りを重ねる間に、ゴブリンキングがゆっくりと起き上がる。

「ヨクモ、ヤッテクレタな……！」

震える全身には太い血管が浮き出ていた。相当なご立腹だ。

ダリオに灼かれた右腕は赤く爛れているものの、さほどのダメージにはなっていないらしい。シオンはわずかに目をすがめる。

(厄介だな……かなり頑丈みたいだ)

自分ひとりなら、力任せに何度もぶった斬れば解決するだろう。

だがしかし、レティシアにも手伝ってもらうとなるとそうもいかない。

ため息をこぼしつつも、シオンはニヤリと笑う。

(ただの陽動のはずが……面白いことになったなあ)

レティシアとともに戦うのは初めてだ。

故郷で同じパーティに属していたころ、彼女はもっぱら回復要員だったため後方で常に控えていた。役立たず雑用係だったシオンも活躍することなんかできなかったし……ふたりで前線に立ったことなんて一度もない。

好きな子との共同戦線に胸が躍る。

しかし、そんな甘酸っぱい思いも満足に味わう余裕はないらしい。

ゴブリンキングが謁見の間の柱にしがみつく。その巨体をもってしても腕が回りきらないほど柱は太い。瞬く間にそこにヒビが入り、凄まじい音を立ててへし折られる。

「潰レろ！」

ゴブリンキングはそれを力任せに振り回した。

「摑まって、レティシア！」

「はい！」

ひとまず剣を納めてレティシアを抱き上げ、シオンは横薙ぎの一撃を跳躍してかわす。

宙空に躍（おど）り出たところ——目の前に白光が弾けた。

「っ、《ウィンド》！」

咄嗟に風の魔法を放ち、その反動で体を後ろにずらす。

その刹那の後、オーガキングの体から放たれた迅雷がシオンの目の前を切り裂いた。シオンの髪を数ミリだけ焦がし、雷撃は天井へと突き刺さる。凄まじい振動が神殿を揺らした。

「これはまた……やっぱりすごい威力だな」

着地して距離を取りながらシオンは天井を見上げる。

遥か高いそこには大穴が開き、灰色の空が顔を覗かせていた。屋根に積もっていた雪が熱によって溶けたらしく、滝のような水がこぼれ落ちてくる。

ゴブリンキングの右手には山吹色の神紋が光っていた。

魔物の中には、神紋の力に加え、その種族独自の特性を有するものがいる。

つまり目の前の敵は、オーガとしての怪力と、神紋による雷能力——このふたつを手にしていることになるのだ。

「ほう……ふふふ」

そんな中、ダリオが天井を見上げてくすりと笑う。

愉悦からくるものではない。その微笑は紛れもなく、燃えさかる憤懣に由来した。

指先ひとつで雑魚を仕留めながら、軽く言ってのけることには。

「おーい、シオン。これ以上そこのデカブツに、我が宝物庫での狼藉を許すでない。ここの風穴がひとつ増えるたび、あとでミリずつ削ぎ落とされるものと思えよ」

「どこの何を!?」

これではもう完全に暴君だ。

しかも、わりかし本気なのが伝わってくるからタチが悪い。

シオンは腹に力を込めて気合いを入れ直す。

「ぱぱっと済ませるよ、レティシア！　じゃないと俺の命がない……！」

「は、はい。それなら……」

シオンの首に腕を回しながら、レティシアはオーガキングを睨んだ。

細い喉がごくりと震える。そうして彼女はシオンの耳元で、そっと囁いた。

「シオンくん、あのオーガさんに近付いてください。私の手が届くくらいに」

「っ……分かった！」

細かい作戦を聞いている暇はない。

それでも一切の不安なく、シオンはオーガキングへひた走った。

レティシアの声に、確固たる自信が含まれていたからだ。

「くタバレェ!!」

再び襲いくる横薙ぎの一撃。それをシオンは今度は身を低くしてかわした。

そのままスピードを緩めることなく、オーガキングの足元をくぐり抜けた。

背後に回ったその刹那、レティシアが手を伸ばす。

その指先がオーガキングの皮膚に届いたその瞬間——彼女は力ある声で告げる。

《いただきます》

「グギャッ!?」

ジュ——ッ！

焼きごてを押し付けたような音が響く。

ゴブリンキングの体が大きく痙攣するものの、それだけだ。

勢いよく体をねじり、右手のひらをシオンらに向ける。この至近距離ならば振りの大きい柱での殴打より、直接雷撃を放った方が早いと判断したのだろう。

しかし――。

「イカヅ……ッッ!?」

神紋の消えたその手からは、わずかな熱すら生じなかった。

そのかわりに、レティシアが右手を翳(かざ)して言い放つ。

「《疑似展開・黄》!!」

「ギギャアアアッ!!?」

手のひらから放たれた雷撃の槍が、オーガキングを貫いた。

シオンは目を丸くする。レティシアが回復魔法以外の魔法を使ったからではない。

その右手には、オーガキングの手から消失した山吹色の神紋がまばゆく輝いていたからだ。

「レティシア、それって……!」

「えへへ。シオンくんには初めて見せますね」

レティシアはいたずらっぽく笑ってみせた。

そこでダリオが大きく手を叩く。

「見事！　神紋を奪い、暴走させることなく自らの力としたな！　褒めて遣わすぞ、レティシア！

さすがは我が弟子、その二だ！」

「あ、ありがとうございます！　お師匠さん！」

「とはいえ、まだ最初の関門をクリアしたに過ぎんがな。本当なら神紋だけでなく生気と記憶まで奪えるのだから」

「ううう……そこまでやっちゃうと、力の制御が利かなくなるので……」

「ま、その辺はおいおいの課題としておこう」

小さくなるレティシアに、ダリオはくつくつと笑い声をこぼす。

シオンは呆気にとられるばかりだった。

（いやいや、これで最初の段階だって!? すでにデタラメじゃないか!?）

相手から神紋を奪い、己の力とする。

以前から話には聞いていたものの、実際にその力を目にするとあまりの荒唐無稽ぶりに驚かされる。

何しろどんな強者だろうと、無神紋の無能に変えてしまえるのだ。

とはいえそれは普通の人間を相手取ったときに限られる。

「グウッ……なニヲシタ、人間メ……!」

オーガキングの体から湯気が立つ。雷撃によって体中に多くの水疱や火傷の痕が刻まれているものの、肌を炙っただけに過ぎない。神紋は奪えたものの、有り余る頑丈さは健在のようだ。

それを見てレティシアの顔が青ざめる。

「決定打にはなりませんね……どうしましょうか」

「大丈夫。これなら楽勝だよ」

シオンはそんな彼女にニヤリと笑った。

レティシアが頼りになると分かった以上、ここが攻めどきだった。

「そういうわけで師匠、レティシアのことお願いします！」

「へっ!?　きゃあああああっ!?」

「仕方あるまい。よっ、と」

ぶん投げられたレティシアのことを、ダリオがふんわりと抱きとめる。

さすが女性好きなだけあってか、その手つきはシオンが見たこともないほどに優しかった。どさくさ紛れでお尻を触っていたのには見て見ぬ振りをしておく。

シオンはそのまま剣を抜き、再びオーガキングのもとまで走り出した。

相手は雷撃を放とうと右手を翳すものの、やはり不発。顔を歪めながらも、手にした柱を振り回した。壁と見まがうほど巨大な石塊が、凄まじいスピードでシオンめがけて肉薄する。

「りゃあっ！」

ドゴアッツ！

剣を軽く揮（ふる）ったそれだけで、石柱はいともたやすく砕け散った。

その勢いでオーガキングは後方に押し出される。腕をクロスさせて咄嗟に衝撃を防いだらしく、致命傷には至らない。だが、それでよかった。

「コシャク……ムッ、コレハ……!?」

オーガキングが顔をしかめて頭上を見上げる。

そこには先ほど開いた天井の大穴が口を覗かせていた。

その縁からしたたり落ちてくるのは――澄み切った雪解け水。

オーガキングがたじろぎ後ずさると、足下の水たまりに波紋が広がった。

「もう一度だ！　レティシア！」

「は、はい！」

ダリオの膝の上で、レティシアは再び両手を天に掲げ上げる。

「《疑似展開・黄》！」

「グギャアアアアアアア!?」

曇天から落とされた稲妻の鉄槌が、オーガキングに突き刺さった。影すら消し去るほどの凄まじい燦光（さんこう）があたりを塗りつぶす。やがてそれが収まったころ、紫電をまとった水たまりには元の体色が分からなくなるほどに焼け焦げたオーガキングが仁王立ちしていた。

水に濡れたことにより、雷撃の威力が倍増したのだ。

だが、とどめには至らなかった。

黒焦げの体は痙攣しつつも、まだなおも動こうとしていて――。

「これで終わりだ！」

「グッッ――――ァ！」

そこにシオンはひと太刀を浴びせかけた。

オーガキングは短い断末魔の声を上げてゆっくりと倒れゆく。

斜めに斬られた上体が地面に転がったあと、それを見届けるようにして下半身も頽れた。血だまりに沈んだ肉体は、もはやぴくりとも動かない。

シオンはそれを見届けて長いため息を吐き出すのだった。

「よ、よかった。削ぎ落とされずに済んだ……」

こんな魔物より、師の方が何万倍も怖かった。

弟子の生殺与奪の権を握るダリオはといえば、歓声を上げてレティシアに抱き付く。

「よーしよしよし！　よくやったぞ、レティシア！　あっぱれな初陣であった！」

「お師匠さんのおかげです。えへへ」

レティシアは膝の上でニコニコとするばかり。

あちこち撫で回されて揉みしだかれているというのに、照れるばかりで抵抗はしなかった。

それを見かねて、シオンはそちらに全力で駆け寄ってレティシアを引き剝がした。

「いい加減にしてください、師匠。それ以上はセクハラです」

「堅いことを言うな。これくらい女同士のスキンシップではないか。なあ、レティシア」

「は、はい。女の子のお友達って初めてなので、嬉しいです」

レティシアは無邪気な笑顔を崩さない。

それをじーっと見つめてから、シオンは師へと念話とジト目を飛ばす。

（師匠、ひょっとしてレティシアのこと、そういう目で見て……？）

（ワンチャンあればいいなと思っているが、何か？）

（何かじゃないですよ!?　弟子の好きな子を寝取るとか何考えてるんですか!?）

（いいではないか、減るものではなし。何ならじっくり開発しておいてやるがどうだ？）

（断固拒否します！　あなたに任せた俺がバカでしたよ……！）

今後は厳しく目を光らせよう。

そう決意したところで、レティシアがかすかに眉を寄せて頭を下げる。

「すみません、シオンくん。せっかく任せてもらったのに最後をお任せしちゃって……」

「あれくらいお安いご用だよ。それより侮ってごめん。こんなに強くなってたんだね」

「いいえ。私なんてまだまだです」

レティシアは苦笑して、ぐっと拳を握ってみせた。

「今回は一緒に戦わせてもらってうれしかったです。次はもっとお役に立てるよう、頑張りますね！」

「それなら俺も負けてられないなあ」

シオンは口元を緩めて笑う。

守るべき相手だと思っていたのに、肩を並べることができて嬉しかった。

そんな折、遠くの方からぱたぱたと軽い足音が響いてくる。

「おにーちゃん！　だいじょーぶ!?」

「シオン！　いったい何があった！」

「ガウワウッ！」

どうやら地下の救助も完了したらしい。

こうして駆け付けたノノたちは、床に転がるオーガキングの死骸を前に目を丸くするのだった。

七章　弟子入り志願

オーガたちを打ち倒した次の日。

竜人族の湖のほとりには、珍しい集団が訪れていた。

魔狼族にスライム、アルラウネにケットシー……多種多様な魔物たちである。打倒竜人族を掲げる連合軍——ではない。

「ガウッ！　ワウガウ！」

「ぴぴーっ」

「にゃうーん！」

集った彼らのもとへ、小さな子供たちが我先にと駆けていく。

みな体に包帯を巻いて痩せ細っているものの、自分の足で走れるほどには元気があった。

全身でよろこびを表現する子供らを迎えて、どの種族も歓喜の鳴き声を上げる。

「グルゥ……」

あの巨大な魔狼族の長も、包帯を巻いた子供へ鼻先を寄せた。

彼女もあちこち怪我をしているものの、ゆっくりと目を細める様はすっかり安堵しているようだった。

同じくオーガたちから解放された魔狼族たちが、親子の姿に感じ入るように喉を鳴らす。

どれも胸を打つ、感動の再会だ。

少し離れた場所でそれを見ていたクロガネが、小さくため息をこぼす。

「まさかオーガどもが、こんな暗躍を見せていたとはね。自分たちのことで手一杯で、気付いてやれなかったよ」

オーガたちは遺跡を根城にし、魔狼族を従えていただけではなかったらしい。

他の種族の子供らを人質に取り、食べ物などを大量に貢がせていたのだ。

オーガたちが倒されたという一報を聞きつけて、谷のあちこちから魔物たちが集まり、里で保護されていた子供たちを迎えに来た。

クロガネはかたわらのシオンに深々と頭を下げる。

「シオン、おまえはよくやってくれたよ。谷を代表して礼を言わせておくれ」

「いえ、とんでもありません」

それにシオンはかぶりを振る。

魔狼たちを助けると決断し、治療を施したのはノノ。

彼らが囚われた檻をすべて破壊し、脱出を促したのはヒスイ。

そして、オーガキングを討ったのはシオンとレティシアである。

「俺ひとりの手柄じゃありません。みんなが手を貸してくれたおかげです」

「謙虚だねえ。まあ、もっとも……」

クロガネは苦笑して、視線を明後日の方へ向ける。

「討ち取った首の数なら……あいつが一番多いんだろうけど」

「よし！　こんなものでいいだろう！」

感動の再会をよそに、ダリオが満足げに手を叩く。

その背後に積み上げられているのは大量の革袋だ。

縛った口元からはまばゆいばかりの金銀財宝が顔を覗かせた。元々遺跡に安置されていた、ダリオの隠し財産である。

オーガキングを打ち倒したあと、残ったオーガはすべてダリオが一掃した。

宝を荒らされたのが我慢ならなかったらしい。クロガネの言うとおり、戦果という意味では今回のMVPである。

選別を終えて、ダリオは小さな革袋を掲げてみせる。

「我の取り分はこの袋だけでよい。あとの残りは汝らの好きにしろ」

「きゃー！　ダリオ様ったら太っ腹！」

「本当に人間だなんて思えないくらいお強いのね……素敵！　抱いて！」

「わははは！　いいだろう、何人だろうと可愛(かわい)がってやるとも！」

竜人族の女性らにちやほやされて、ダリオはご満悦である。

クロガネはそれを見て渋い顔をするばかりだ。

「あいつらには後で忠告しなきゃいけないねえ……それにしても、ダリオも取られて腹立つくらいなら、あの異空間に隠しておけばよかったものを」

「……お姉さんのお墓に、余計な物を入れたくなかったんでしょうね」

シオンは薄く苦笑する。

あの時が止まった異空間は、彼女の姉が暮らした場所だ。

そんな穏やかな場所に、金銀財宝なんて代物は相応しくないだろう。

(師匠、けっこうロマンチストなところがあるもんなあ……)

女性に囲まれて哄笑を上げる師を盗み見て、そっとため息をこぼす。

そうでなければ、千年もひとりで弟子候補を待っていたりしないだろう。

そこでふと、クロガネは思い出したとばかりに切り出した。

「そういえば……遺跡でグルドに会ったんだって？」

「あ、はい」

あのどさくさに紛(まぎ)れ、竜人族の裏切り者は姿を消していた。

「あの怪我じゃ、もう刃向かってくることはないと思いますが……気配を辿ってみますか？　何度も会ったので、追跡は可能ですよ」

「いんや、もういいさ。死んだものだと思って忘れておくよ」

クロガネはどこか遠い目をしてつぶやいた。

そんな中、レティシアはノノとともに魔狼たちのそばにいた。

狼の子を撫でながら目を細めてノノの顔をのぞき込む。

「よかったですね、ノノちゃん。狼さんたちが無事に再会できて」

「うん！　また遊びにきてね」

「ガウッ！」

すっかり友達になった白銀の魔狼が、元気よく返事をしてみせた。

「ガルゥ……」

子供の母親が、その姿に目を細めて低く唸った。

背後を振り返れば、仲間たちは互いに顔を見合わせる。

その次に、彼らは驚くべき行動に出た。その場の全員がノノに深く頭を垂れたのだ。

「グルルッ、ガウッ！」

「えっ……？」

長の吠え声に、ノノはぽかんと目を丸くする。

狼の言葉が分からないシオンは、クロガネに翻訳を頼むのだが――。

「どうしたんですか？」

「『一度は袂を分かった身であるにも拘わらず、助けていただいたこと慚愧の念に堪えませぬ。また再び忠誠を誓うこと、どうか許してくださいますか』だそうだ」

「そ、それはノノじゃなくて、おかーさんに言うべきなんじゃ……」

言われた当人はたじたじだ。

しかし、魔狼の長は静かな調子で続ける。

「ガウガウッ」

「『次の族長がこんな立派な御仁なら、谷は安泰でございましょう』だとよ」

クロガネはシオンにいたずらっぽく笑って訳してみせた。

そうして娘の下まで歩み寄る。不安げな彼女の頭をそっと撫で、クロガネは堂々と言う。

「今回こいつらを助けるって決めたのはノノなんだろ？　それがみんな分かるんだよ。頼りにされたことを誇りな」

「ほこ、る……」

それに、ノノはハッと息を呑むのだ。

「ワフッ」

白銀の魔狼もどこか誇らしげにノノへとすり寄る。

その緩みきった表情からは厚い信頼が伝わってきた。

長はそっと顔を上げ、クロガネへと申し訳なさそうなか細い声を上げる。

「クゥーン……」

「なあに、別にかまわないさ。あたしが力を失わなきゃ……おまえたちにも、こんな苦労はかけなかった。おあいこだよ」

クロガネはからりと笑い飛ばすだけだった。

それを見ていた他の種族らも、続々とノノに頭を下げていく。

中にはノノが治療したとおぼしき、包帯を巻いた子供たちの姿もあった。

「みんな……」

ノノは、もうたじろぐことはなかった。

ぐっと唇を噛みしめて、居並ぶ者たちをぐるりと見回す。

魔法が使えず落ちこぼれを自称した子供は、もはやそこにはいなかった。彼女の目には、確固たる強い光が宿っている。

(自信に繋がったんだなあ。よかった……うん?)

それにシオンはホッとするのだが——ノノがこちらに向かってきたので目を瞬かせる。

彼女はまっすぐシオンを見据えて切り出した。

「おにーちゃん。お願いがあるの」

「な、何だい？　ノノちゃん」

みなが見ているその前で、ノノはがばっとシオンに頭を下げる。

「ノノを弟子にしてください！　みんなを守るために、もっと強くなりたいの！」

「はい……？」

◇

それから数日後のことだ。

里の周囲に広がる森では、いくつもの怒声が響いていた。

武器を手にするのは竜人族と牛頭族だ。

その名の通り、頭が馬、体は人の種族である。三叉(さんさ)の槍を手にした牛頭族の軍勢はお世辞にも統率が取れているとは言えないものの、その数で竜人族の兵らを圧倒しつつあった。

「シネエエエっ！」

「くっ……!?」

今、木の根で足をすくわれた兵士――ハヤテへと、一匹の牛頭族が突撃する。

しかし――。

その槍の切っ先が彼のみぞおちを狙う。

「《ふれあ》ぁ！」

ぼふっ。

「ギャギャッ!?」

牛頭族の目の前で小さな炎が弾け、白煙が上がる。

それによって狙いが逸れて、切っ先は兵の脇腹をかすめるだけで済んだ。

さらに牛頭族らへ追い打ちがかかる。

「《ウィンドカッター》！」

「ヒギャアアアアアアアア?!」

風の刃が勢いよく空を駆け、並び立つ木々をかわして牛頭族らへと襲いかかった。

武装も意味を成さず、彼らはなすすべもなく全身を切り刻まれる。

それでも仕留めることができたのはたった数匹。残りの軍勢は三十を下らなかったが、一瞬で細切れとなった同胞らの姿は、彼らの戦意を一気に削り取った。

「どうも。助けに来ました」

「グギャッ!?　ニ、ニンゲン!?」

おまけにそこにシオンが現れたものだから、牛頭族らは血相を変える。

「テッタイ！　テッタイダ！」

「レイノニンゲンガデタ！」

誰ともなくそう叫び牛頭族の軍勢はあっさりと踵(きびす)を返す。

そのまま近くの崖から飛び降りて一斉に姿を消した。竜人族の領土から、彼らの土地へ戻って行ったのだ。

それを見送ってから、シオンはくるりと背後を振り返る。

「大丈夫ですか?」

「ちっ……またおまえか」

それに、ハヤテは小さく舌打ちする。

何度も敵意を向けてきたはずの彼だが、満身創痍のありさまで語気も弱々しい。

牛頭族からの先の一撃こそかわせたものの、槍を地面について体を支えるのが精一杯で、片手で押さえた肩口からは血がにじむ。

他にもあたりには同じように負傷した兵士が大勢いた。

とりあえずシオンは目の前の彼に回復魔法をかけようとするのだが――バシッと手を払われて、刺々しい目で睨まれてしまう。

「おまえの施しは受けん。余計なことをするな」

「ええ……痩せ我慢はよくないですよ、ハヤテさん」

その強がりに、シオンは肩をすくめるだけだ。

一方で他の兵士らは仲間を助け起こしつつ、シオンに軽く頭を下げる。

「すまない、シオン。来てくれて助かった」

「さすがはオーガの本拠地に乗り込んでいくだけのことはあるなあ」

「牛頭族など目じゃないというわけか……」

「あはは。俺ひとりで乗り込んだわけじゃないですけどね」

シオンは頬をかくばかりだ。

この里を訪れてから、もう半月あまりが経過していた。

その間にオーガ族の拠点に乗り込んだだけでなく、こうした襲撃を追い返す手伝いをしている。

おかげで竜人族のほとんどは警戒心を解いてくれて、談笑できるまでになっていた。

しかし何事にも例外が存在する。

自力で起き上がったハヤテは、よろよろしつつも気丈に鼻を鳴らす。

「ふん、風の魔法はともかく……あの火炎魔法はお粗末だったな。おまえにも不得手があるとは」

「い、いやあの、あれは俺じゃなくてですね……」

「……ごめんなさいなの」

シオンがあたふたと取り繕う中、背後の茂みががさっと揺れた。

そこから現れるのはノノである。

しょんぼりと肩を落としながら、ハヤテにぺこりと頭を下げた。

「……もっとちゃんと魔法が使えたらよかったんだけど。次までに、もっと練習しておくの」

「っ……ノノ様!?　まさか、さっきの炎は……！」

「うん。ノノの魔法なの」

ハヤテは絶句して凍り付いてしまう。

他の竜人族らは顔を見合わせて声を上げた。

「ええっ!? ノノ様、魔法が使えるようになったんですか!?」

「う、うん。いちおう……」

ノノはごほんと咳払いをして、ゆっくりと右手を虚空にかざす。

「大地にたゆたう、力の渦よ……」

そうして真剣な表情で唱えるのは、基礎的な魔法の呪文。

莫大(ばくだい)な魔力を有するはずの竜人族ならば、省いたところで問題なく魔法が発動する。しかし、ノノは人間がするようにして一字一句丁寧に呪文を紡いでいった。

そうしてカッと目を開き、両手を前に突き出して――最後の言葉を口にする。

「ふ……《ふれあ》!」

ぼふっ。

すると黒い煙とともに小さな炎が生じた。

右手の竜神紋はまばゆい光を放っているものの、その光に負けそうなほど炎の勢いは弱く、すぐに風に吹かれて消えてしまう。

ノノはまたふたたびしゅんっと小さくなるのだった。

「ちっちゃい炎しか出せないし……やっぱりまだまだダメダメなの」

「何を言ってるんですかノノ様！」

「へ？」

竜人族の兵らはノノに駆け寄る。

全員ボロボロの有様だが、その顔に浮かぶのは満面の笑みだ。

「以前に比べればすごい進歩じゃないですか。きっとたくさん頑張ったんですよね」

「え、えっと、毎日練習したの。おにーちゃんが教えてくれて……」

「その努力の結果がこれなんです。もっと胸を張ってください！」

「きっとすぐ昔のクロガネ様みたいになれますよ！」

「そ、そうかな……えへへ」

ノノは照れたようにはにかんで、その顔に少し明るさが戻る。

そんな中、ハヤテがガバッと彼女の前に膝をつき、地面に付くほど頭を下げた。

「申し訳ございませんノノ様！　存じ上げなかったとはいえ、ノノ様の努力を笑ってしまうなど……！　この命に代えてお詫びいたします！」

「えええっ!?　き、気にしなくていいの。それよりこれ、お薬。新しいの作ったから。ハヤテもちゃんと使ってね？」

「ノノ様……！　身に過ぎたお心遣い、幸甚(こうじん)の至りでございます……！」

「おまえ本当にノノ様のファンだよな……」

滂沱と涙を流すハヤテに対し、他の竜人族らもやや呆れ顔だ。

そんな彼はひとしきり涙を拭ってから、ばっとシオンに摑みかかってくる。

「おいこらシオン！　ノノ様をこんな場所にお連れするな！　危険だろう！」

「いや、俺は連れて来るつもりはなかったんですって」

シオンはため息交じりにノノへと視線を向ける。

「ダメじゃないか、ノノちゃん。あっちで待ってるように言っただろ？」

「うっ……ごめんなさいなの」

レティシアが水行をした泉で、ノノもこのところ毎日のように修行を続けていた。

具体的には泉の中での瞑想や、呪文の反復練習。

シオンも以前ダリオに教わったようなカリキュラムを、見よう見まねで指導してみたのだ。

ふたりきりでの修行中、物々しい喧噪が聞こえてきたので飛び出してきて、今に至る。

小さくなりつつも、ノノはぽつぽつと小声をこぼす。

「ノノもみんなのお役に立ちたかったの……」

「気持ちは分かるけど……やっぱり危ないよ。ノノちゃんが怪我したら、俺たちみんなが悲しむんだよ？」

「あうう……反省するの……」

「貴様！　ノノ様を虐めるな！　ぶっ飛ばすぞ！」

「虐めてませんよ!?　まっとうなお説教でしょう!?」

目を吊り上げて凄むハヤテに、シオンは叫ぶしかない。

そんな彼のことを、他の竜人族らが両側からがしっと捕縛する。

「はいはい、ハヤテはこっちで後片付けな」

「悪いな、シオン。こいつノノ様のことになると手が付けられなくて」

「クソッ！　放せおまえたち！　俺は昔、クロガネ様とビャクヤ様から『生まれてくる子を頼む』と直々に拝命仕(つかまつ)ったんだぞ！」

「おまえだけじゃねーっつーの。里のみんなが頼まれたわ」

「その直情バカなところも直すように言われなかったっけか？」

同僚らに引きずられるようにして、ハヤテは連れ去られていった。

そんな彼らを見送ってから、シオンはしゃがんでノノの頭を撫でる。

「叱ってごめんね？　でも、ハヤテさんを助けたのはノノちゃんの魔法だ。だから、それに関しては自信を持ってほしいな」

「おにーちゃん……」

ノノは瞳を潤(うる)ませてから、満面の笑みを浮かべてみせる。

「ありがと！　全部おにーちゃんの……ううん、ししょーのおかげなの！」

「うぐっ……し、師匠か……」

その屈託のない笑顔が、シオンの胸に突き刺さった。

ノノが不思議そうに小首をかしげる。

「ししょーって呼ぶの、やっぱりダメ？」

「ダメというか、むず痒いんだよね……」

シオンは苦笑するばかりだ。

自分はまだまだ修行中の身ゆえ、弟子を取るなんて考えてもみなかった。

実際、あのときノノに弟子入りを懇願されて、最初はシオンも断ったのだ。

しかしノノから懇願されて考えが変わった。

『ノノは魔法が使えないから……みんなを守るために、薬の作り方を勉強したの。でもそれだと、傷付いた後でしか力になってあげられないって、今回のことでよーく分かったの。だから、みんなが痛い思いをする前に助けられるよう……ノノは強くなるって決めたの！』

『ノノちゃん……』

その熱い思いに胸を打たれ、ついつい了承してしまった。

ダリオも『いいんじゃないのか、別に』と軽く認めてくれたので、魔狼族の手当てに付き添うかわりに、修行をつけることになった。

とはいえその修行もダリオの見よう見まねだ。

ノノの魔法が少しだけ上達したとはいえ、本人の素質によるものが大きい。それゆえシオンは師匠と呼ばれることに抵抗を覚えるのだが……ノノはむすーっと頬をふくらませる。

「むう、おにーちゃんはダリオおねーちゃんのこと、ししょーって呼ぶのに。ノノもししょーって呼びたい！」

「ダリオお姉ちゃんと俺とじゃ、師匠として格が違いすぎるからなあ……」

「だったらノノもダリオおねーちゃんの弟子になったらいい？　そしたらししょーって呼べる？」

「へ!?　いやいやダメだって！　ノノちゃんにあの人は荷が重いから！」

シオンは慌てて説得するはめになる。

自分が弟子を取るのに不適格だと思ったのなら、師に教育を任せればいい。

至極当然の発想かもしれないが……ろくでもない事態を招くのは明らかだった。

(何しろレティシアをオーガの本拠地に連れてった人だし……絶対無茶をやらかすもんな!?　ノノちゃんを任せてなんかいられないよ！)

確実な勝算があったからこそ、ああした無茶をやらかしたのは理解している。

実際、レティシアはシオンの知らないうちに強くなっていた。

しかしそれはつまり『いけると思ったら容赦なく谷底へと突き落とす』ことを意味していて――

そんな相手にノノを預けては、シオンの胃が間違いなく死ぬ。

それに、もっと任せていられない理由があった。

呆れたような声が響く。

「ダリオに弟子入りだって……？　それだけはやめときな、ノノ」

「あっ、おかーさん」

そこに現れたのはクロガネである。

ノノを抱き上げて、大真面目な顔で続ける。

「ダリオはああ見えて怖い女だ。ノノも迂闊に近付いたら、間違いなくペロリと食べられちまうよ」

「ひえっ⁉　あ、あのおねーちゃん、竜を食べちゃうの……？」

「竜に限ったことじゃないよ。人間の王族だろうと、エルフだろうと何だろうと、あいつの前じゃ赤子同然。子供に唾を付けることだって、平気でやってのけるクソ野郎なんだからね」

「ですよねー……」

シオンは遠い目をする。

そうした安全面的な理由ゆえ、師匠役を買って出るしかなかったのだ。

ノノはクロガネの話がきちんと理解できなかったようだが、ただならぬ事態であるのは伝わったらしい。重々しく、しっかりとうなずいてみせる。

「わ、わかったの。ノノ、おにーちゃんだけの弟子でいる」

「よろしい。さすがはあたしの子だよ」

そんな娘の頭を、クロガネはよしよしと撫でて破顔した。

周囲の竜人族らは突然現れた族長に騒然とする。

「クロガネ様！　わざわざこのような場所にいらっしゃらずとも……」

「なに、騒々しかったから様子を見に来たのさ。お疲れさん。とっとと里に戻って休みな」

「あ、ありがとうございます！　皆の者、撤収を急げ！」

こうして怪我人の運搬などが迅速に進むこととなった。

やる気を燃やす彼らに微笑（ほほえ）んでから、クロガネはシオンを見やる。

「それよりさっきハヤテから聞いたよ。ノノが大活躍したんだってね？　詳しく聞かせてくれないか」

「ええ。ノノちゃん、ずいぶん頑張ったんですよ」

シオンは手短に先ほどのことを話してみせた。

こっそり付いてきたことに関してはクロガネもいい顔をしなかったが、魔法で仲間を助けた件ではぱっと目を輝かせた。

「すごいじゃないか、ノノ！　そこまで魔法が使えるようになったのかい!?」

「えへへ……うん。ノノ、すごい？」

「もちろんだよ。ビャクヤの奴が聞いたらきっとびっくりするだろうね」

クロガネは娘の頭を撫でながら遠い目をする。

「あいつも治癒魔法は得意でも、荒事はからっきしだったからね。ケガをした後でしか助けられないことを、ノノみたいにいつも悔やんでいたよ」

「おとーさんが……」

「だから今回ノノがやったのは、ビャクヤの無念を晴らしたようなもんだ」

そっとノノを地面に降ろし、クロガネは墓の方角を指し示す。

「あいつに報告しておいで。喜んでくれると思うからさ」

「あ、だったら俺も一緒に——」

「いや、シオンは話があるからここに残っておくれ。賊は排除したし、今の時間なら墓にはヒスイがいるはずだ。ヒスイと一緒に里まで戻っておいで」

「はあい！　行ってきます！　またあとでね、おにーちゃん！」

ノノは元気よく手を振って、森の中へと消えていった。

ここからあの墓場まで、子供の足でも数分程度だ。

たしかに心配ない道のりだろうが——クロガネの制止に有無を言わせぬものを感じ、シオンはそっと彼女の顔色をうかがう。

「話って何ですか？　ノノちゃんに聞かせたくない内容だったり……？」

「聞かせたくないのは当たりだが……用があるのはおまえの方じゃないよ」

それにクロガネは疲れたようにため息をこぼす。

目線をそっと下げて見やるのは、シオンの腰に下げた魔剣である。

「ダリオ……うちの若い娘らにこれ以上粉を掛けるのはやめてもらえるかい？　おかげでおまえに与えた客間は今朝からずっと大騒ぎだよ。誰が一番可愛がってもらえたか……なんてことで言い争う女たちを、いったいどう思うんだ？」

【はあ？　我は悪くないぞ】

魔剣から涼やかかつ尊大な声が響いた。

もちろん、女たらしことダリオである。

今日は朝からずっと剣の中にいて、シオンがノノと修行する間もこっそり茶々を入れていた。

クロガネが眉をひそめたあたり、彼女にも聞こえるよう声を発しているのだろう。

悪びれることもなく淡々と続ける。

【あいつらが寝所に忍んできたから食った。それだけだ。その後のケアもしたかったのは山々なんだがなあ。いかんせん、活動可能時間ギリギリになってしまった】

「師匠、今日は朝から剣の中にいて珍しいなと思ってましたけど……みなさんと一晩中よろしくやった後だったんですか!?」

【いやはや、久々の乱戦だったたゆえ張り切ってしまったわ！】

ガハハと笑うダリオをよそに、シオンとクロガネは渋い顔を見合わせる。

それだけでふたりの心は完全に通じ合った。

シオンは長めの吐息をついてからかぶりを振る。

「奔放なのもいいですけど……ちょっとは自制してくださいよ。師匠を取り合って女の人が泣く光景とか、俺は見るの嫌ですからね？」

【そうなった場合には汝がどうにかするんだぞ。師の痴情のもつれを解決するのも弟子の務めだ】

「そんな義務聞いたことありませんからね!?」

知らない間にそういう契約になっていたらしい。詐欺だ。

温和なシオンとはいえ、そればっかりは呑めずにきっぱりと言い放つ。

「絶対に俺は関わりません！　師匠の代わりに刺されちゃ堪ったもんじゃないですよ！」

【何を言う。汝を鍛えたのはこの我だぞ、生半可な刃物では切り傷ひとつ付かん。いったい何が嫌なんだ？】

「フィジカルはともかくとして、まず間違いなくメンタルに致命傷を負うからです！」

思いっきり叫んだ後で、シオンはがっくりと肩を落とす。

前世でどんな悪行を重ねれば、師の痴情のもつれに巻き込まれて刺される業を背負うのか。

疲れ果てるシオンの肩を、クロガネがぽんっと叩いて励ましてくれる。

「ま、あたしからも忠告しといたからさ。刺されるっつーのはないんじゃないかな。しつこく行方は聞かれるだろうけど」

「その場合は大人しく差し出しましょうかね……」

シオンは剣を手にしてじっと考え込む。

クロガネもすっかり呆れ顔だ。

「まったくお盛んなことで。あんた今一日三時間ぽっちしか出てこられないんだろう？　それでよくあれだけの人数を相手にしたねえ」

【いんや、昨夜は四時間と少したっぷり楽しんだぞ】

「……まさか、そんなに活動可能時間が延びたのかい。いつの間に」

【わはは。我もあの泉でレティシア同様、この地の神気を取り込んだからな。おかげで絶好調よ！】

「しくじったなあ……そういうことなら、使用許可なんか出すんじゃなかったよ」

クロガネは額を押さえて呻くばかりだ。

この地に満ちる自然の魔力。

それを体に巡らせることにより、力の使い方を肌で覚える。

レティシアはその修行を続けることで、回復魔法以外の力を使えるようになった。

ダリオも同じやり方で活動時間が延びたのなら――シオンはハッとして声を上げる。

「じゃあ、ノノちゃんも泉での修行を続ければいつか――」

【無理だ】

それに、ダリオはすっぱりと断言してみせた。

二の句を継げないシオンに、師は声のトーンを落として淡々と言葉を続ける。

【汝ならそろそろ分かったはずだろう。あの娘が力を振るえないのは、そうした問題ではない】

「……はい」

シオンは小さくうなずく。

たしかに先ほど見せたように、ノノの魔法は発動するようになった。

だが、それだけなのだ。根本的な解決に至っているとは、どうも思えなかった。

シオンはため息交じりに言葉をつむぐ。

「ノノちゃん、この里の誰より莫大な魔力を持っていますよね。というか、あれは下手したら師匠並です」

以前、墓場で魔狼に襲われた際、シオンを止めるために彼女が発した殺気。

修行に付き合う内、あれに似た気配を何度も感じた。

だがしかし、それはすぐに彼女の中に引っ込んで、その片鱗すら見せることはなかった。

まるで、起こされることを拒んでいるかのように。

「莫大な魔力を持て余してるというのとは、少し違う気がします。そもそもあの力は、ノノちゃんのものじゃないっていうか……」

【うむ、どうやら大筋は理解できたか。まあ及第点だろうな】

ダリオは少し感心したように笑う。

そんなふたりの交わす言葉を、クロガネはじっと押し黙ったまま聞いていた。

しかしややあって小さくため息をこぼしてから、魔剣をこつんと小突いてみせる。

「何もかもお見通しってわけかい。おもしろくないねえ」

【当然だろう。我を誰だと心得る】

ダリオは火花のような笑い声を上げる。

【我こそが音に聞こえし大英雄、ダンダリオン・カンパネラよ。千年前に食った女の魔力くらい、細部にわたって記憶しておるわ】

「そ、それはわざわざ言わなくていいっての！」

クロガネが真っ赤な顔で声を荒らげたため、他の竜人族らがきょとんとした。

中には「シオンのやつ、まさか族長様を口説いて……？」といった疑惑と殺意のこもった眼差しを向ける者もいて、シオンは背筋が冷たくなる。

とはいえ真実を打ち明けるわけにもいかなかった。

この魔剣が悪いんですと訴えても信じてもらえる可能性は低く、まず間違いなくドン引きされるからだ。

飛んでくる殺気をやり過ごし、シオンはおずおずと口を開く。

「あの、外れていたら申し訳ないんですけど……」

そこで言葉を切って、クロガネの頭をそっと見やる。

竜人族が持つはずの二本の角は、半ば付近で折れてしまっている。

里には多くの竜人族がいた。中には角が一部欠けている者もいたが、彼女のように完全に失われてしまった例は見たことがない。

つまり、過去に何かよほどのことがあったのだと推測できた。

そしてノノから時折感じられる莫大な魔力は——彼女の気配と酷似していた。

「クロガネさんが失った力というのは……今、ノノちゃんの中にあるのでは？」

「まったく……師匠が師匠なら弟子も弟子か。めざといったらありゃしない」

クロガネは口の端を持ち上げてくすりと笑う。

自身の胸に手を当てて、誇るように続けることには——。

「その通りさ。ノノが生まれた日、あたしは邪竜の力をそっくりそのままあの子にあげちまったんだよ」

「それは……そういう継承の儀式があるんですか？」

長い寿命を持つ種族の中には、そうした儀式があると本で読んだことがあった。

しかし、クロガネは片手をぱたぱたと振ってみせる。

「違う違う。ノノはもともと死産でね」

「っ……!?」

何でもないことのように放たれた言葉に、シオンは言葉を失った。

今から六年前のこと。

クロガネはノノを出産した。竜人族の子は卵から生まれるが、中に宿った子供の生命力が弱いことを彼女と伴侶はずっと気に掛けていたという。

そうしてようやく生まれてきた子は、産声のひとつも上げなかった。

心臓の鼓動はすでに止まっていた。

かすかなぬくもりも、もうあとわずかで消えそうだった。

「それであたしは賭けに出た。邪竜として恐れられた自分の力を、すべてあの子に明け渡したのさ」

力の源である角を自ら折って、それを赤子に封じた。

結果、赤子は息を吹き返し、今では風邪ひとつ引かずすくすくと育っている。

「あの子が魔法を使えないのもそのせいだろう。自分の魔力とあたしの魔力、そのふたつが混ざってしまっているんだ」

「なるほど……借り物だから、うまく扱えないんですね」

「そういうことさ。あの子には苦労を掛ける」

クロガネの顔に少しばかり陰が落ちる。

しかし、それは一瞬のことだった。すぐに彼女はさっぱりと笑う。

「あの子はあたしとビャクヤの子だ。いつかきっと乗り越えて、力を物にすると信じている。そのとき……この秘密を打ち明けるつもりなのさ」

「クロガネさん……」

その優しい表情に、シオンは強く胸を打たれた。

かつて邪竜として名を馳せた自分のすべての力。

それを明け渡してでも、彼女は娘を守りたいと思ったのだ。

海よりも深い愛情がそこにあり――シオンはハッとしてうろたえる。

「そ、そんな大事なことを話してもいいんですか……？　俺、一応よそ者ですよ」

「なあに、里の者ならみーんな知ってる話だからかまいやしないよ。なあ、ハヤテ」

「は、はい？　何ですか？」

クロガネはちょうど通りかかったハヤテを呼び止める。

こちらの会話が気になってウロウロしていたのは明らかだったが、クロガネはそのことをスルーして件の秘密を打ち明けたことを告げた。

すると、ハヤテは思いっきり顔をしかめてみせる。

「族長様はそいつを気に入りすぎです。そんな大事な話を易々と漏らすなんて……」

「いいじゃないか、本当のことなんだから」

クロガネはあっけらかんとした反応だ。

どうやら本当にみなが知る話らしい。

そうなってくるとシオンの脳裏にふとした疑問が浮かんでくる。

「でも……反対された方はいらっしゃらなかったんですか？」

強大な力で里を、ひいては谷をまとめていたクロガネ。

彼女がその力を手放せば、自分たちを守る後ろ盾が消えることを意味する。

竜人族としてはそんな事態は避けたいはずで……だがしかし、ハヤテは目を吊り上げてシオンを睨み付けた。

「おまえの目には、俺たちがそんな薄情な奴らに見えるのか？」

「い、いえそうは思いませんが……意見が割れそうだなと思いまして」

「バカを言え。満場一致で、みなで族長様の背中を押したくらいだ」

ハヤテはふんっと鼻を鳴らし、ぐるりとその場の竜人族らを見回す。

「この里にいるのは全員、故郷をなくしたはぐれ者。もしくはその子孫たちだ」

領土を奪われた者、いわれのない罪で追放された者。

そうした竜人族らが流浪の末にたどり着いたのが、邪竜が治めるこの地だった。

「行き場のない俺たちに、族長様は居場所を与えてくださった。そんな族長様に、何に代えても守りたいものができたのなら……今度は俺たちがお守りする番だ。そうでしょう、族長様」

「まったく、どいつもこいつもバカばっかりだよ」

悪態を吐きつつも、クロガネの顔に浮かんでいるのは満面の笑みだ。

他の竜人族らも何の話をしているのか察したのだろう。

誰も口を挟むことはなかったが、みな軽くうなずいたり、口元に笑みを浮かべたりして優しく見守っていた。

ここの竜人族らはヒスイを筆頭に、ノノをとても大事にしていた。

それが族長の娘であるからという理由だけでないことを、シオンはようやく知った。

（ノノちゃんは……みんなの絆だったのか）

彼女はここに住まう竜人族らの、決意の証しなのだ。

シオンは頬をゆるめて笑う。

「いいところですね、この里は」

「ふんっ、貴様もようやく理解できたようだな」

「ふふ……そう言ってもらえて光栄だよ」

クロガネも誇らしげに笑う。

しかし、不意にその笑みがふっと陰った。

「でも……たったひとりだけ。そのことがきっかけで里を出て行った奴がいたんだよね」

「ひょっとして、それがグルドなんですか……？」

その名を出した瞬間、ハヤテもさっと笑みを取り払う。

しかし直情型の彼にしては口汚く罵ることはなかった。

かわりに視線を落とし、つま先をじっと見つめてかぶりを振る。

「俺も少しだけ……ほんの少しだけですけど、あいつが複雑に思う気持ちは分かるんです。俺もビャクヤ様にはとてもお世話になりましたから」

「……ビャクヤさん？」

大きな戦争によって命を落としたという、ノノの父親。

その名前がどうして今ハヤテの口から飛び出したのか、シオンは目を瞬かせる。

ただ、彼とグルドは仲が良かった、と聞く。

そこでハッと気付くのだ。

「……まさか」

「そう。だからノノにはまだ……言えないんだよ」

クロガネは長いまつげを震わせ、そっと目をつむった。

他の者たちも押し黙り、その沈痛な空気は見守っていたダリオも物憂げにぼやくほどだった。

【まったく難儀な因果のもとに生まれた娘よなあ……む？】

そこでひとつの足音がこちらに向かってきた。

「た、大変です、族長様！」

息を切らせて現れるのはひとりの兵だ。

彼はクロガネを見つけるや否や、真っ青な顔で叫ぶ。

「先ほど、里にこんな文が届きまして……！」

「ほう？　どれどれ」

彼から差し出されたのは一本の矢だ。

そこには薄汚れた布きれが括り付けられており、クロガネは手早くそれをほどく。

「こいつは矢文か、なかなか洒落（しゃれ）てるねえ。どれどれ……」

果たしてそこにはびっしりと不思議な文字が刻まれていた。

どれもこれも筆跡が異なるし、中には足跡のようなものまである。

シオンには解読不能な文字ばかりだが、なんとなく言わんとすることは読み取れた。

この谷に住まう他種族、その頭による血判状らしい。

「……一斉蜂起、ってことですかね」

「どうやらそのようだね」

クロガネは呆れたように布きれを丸め、魔法の炎で焼き捨てる。

周囲の竜人族らも血判状を囲んで顔を見合わせた。

「うわっ、これ谷のほとんどの種族じゃないですか」

「この前和解した魔狼族たちは含まれていないみたいだが……よくもまあ、ここまで団結できたもんだな。天敵同士もいるじゃないか」

「それだけ向こうも焦ってるってことだろうね」

クロガネは肩をすくめて飄々と言う。

「権威失墜したはずの竜人族が突然盛り返し始めたんだ。ここで挫いておかないと、下剋上のチャンスは奴らに二度とやってこない。結託するのが正道ってもんだろう」

そこで言葉を切って、クロガネはシオンを見やる。

ニヤリと笑って問うことには――。

「どうだい、シオン。ここまで来たら……最後まで付き合ってもらえるかい？」

「もちろんです」

シオンは二つ返事でうなずいた。

事態が動いたのは、自分がこの里に来たせいだ。

その上、シオンはそう遠くないうちにここを去る。

その前に、引っかき回した責任を取る必要があった。

つまるところ、谷の平和を取り戻すしかない。

決意を固めつつも、シオンは目を輝かせて質問を返す。

「ちなみに……それってどんな種族がいるんですかね。さっき戦ったのは牛頭族でしたけど……できたら他では戦えないような個性的な種族とお手合わせしてみたいです。あと単純に名前のしれた強い相手はいますか？」

「あはは、戦争への意気込みとしちゃ上等だ。あとで教えてやるよ」

からからと笑うクロガネをよそに、他の竜人族らは苦笑を交わす。

「もうこいつひとりでいいんじゃないかな……」

「なあ……俺らがいる意味あるのか？」

「バカを言うんじゃないよ。こいつは里に売られた喧嘩じゃないか」

クロガネはそんな一同にいたずらっぽく笑いかける。

勢いよく片腕を天へと突き上げて、堂々たる宣言を放った。

「あたしら竜人族が出なくてどうするっていうんだ。シオンだけにいい格好させてられないだろ、あたしらも出るよ！　みんな準備を急ぎな。日時は今日の午後だ！」

「っ、分かりました！　族長様！」

「急いで他の者たちにも伝令を飛ばします！　ヒスイ様にも！」

竜人族らは手早く敬礼して散っていった。

ハヤテもまたシオンを睨みつつも、ごほんと咳払いをする。

「おまえのことは気に入らないが……おまえが怪我をするとノノ様が悲しまれるからな。くれぐれも無茶をするんじゃないぞ」

「はい。ハヤテさんもお気を付けて」

「ふんっ、おまえに心配される筋合いはないな」

ハヤテは踵を返し、背中越しに手を振ってみせた。

何だかんだ信頼はしてくれているらしい。

そんな彼らを見送ってクロガネは景気を付けるようにして肩を回す。

「さーて最終決戦だ。腕が鳴るねえ、シオン」

「はい。でも、正面突破の戦争なんですね。てっきり奇襲してくるのかと」

「どの種族が先に仕掛けるかで揉めたんだろうよ。おまえがうちにいることは谷中に知れ渡ってい
るだろうしね、そんな貧乏くじ誰も引きたかないだろ？」

「なるほど……ちなみに場所は？」

「ここを東に行った先にある平原だね」

クロガネが指さした方角に、シオンは目をつむって耳を澄ます。

ここから遥か先、里を取りまく森の向こうから数多くの足音や羽音が聞こえていた。しかもそれ
らは陣を敷いて、その場にじっととどまっている。

「もう待機していますね。足音から推測するに、数は三千を下りません」

「戦える者をかき集めたってことか。仕方ないねえ、ノノとヒスイに迎えを寄越すか」

クロガネは手近な竜人族を捕まえて伝令を伝える。

その隙に、シオンは魔剣にこっそりと話しかけた。

「師匠は……出てきませんよね？」

【そうだなあ。今日の活動時間は限界だし、見物させてもらうとするかな】

あくびを嚙み殺すようにしてダリオはぶっきら棒に言う。

大喧嘩は大喧嘩でも、相手が格下ばかりでは気持ちが乗らないらしい。

眠たげな師へ、シオンはニヤリと笑う。

「それじゃ、そこで見ててください。さくっと終わらせてきますから」

【わはは、言うようになったな。お手並み拝見といこうじゃないか】

ふたり軽口をたたき合い、一大決戦へと乗り出すこととなった。

しかしその宣言はすぐに撤回せざるを得なくなる。

この世のものとは思えない咆哮が谷中を揺るがして——戦争どころではなくなったからだ。

八章　邪竜復活

ノノは父親の顔を知らずに育った。

回復魔法に長けた父は、ノノが生まれてすぐに起きた戦争で、傷付いた仲間を助けるために奔走し――そこで命を落としてしまった。

『荒事はからっきしだったけど……あいつはその分、誰より優しい竜だったよ』

父のことを聞けば、母は決まって幸せそうな顔でそう教えてくれた。

だから、ノノは父の顔を知らない。

それでも、どんな竜であったのかはよく理解していたつもりだった。

屋敷には、父の残した数多くの品が存在していたからだ。

薬の煎じ方を記した紙の束や、使い込まれた器具の数々……そうしたものに触れることで、ノノは父の遺した想いを知ることができた。

だからノノは薬の作り方を学んだ。

父のように、大切な仲間を助けるために。

そして今、新たな目標が生まれていた。

かつての母のように、力で仲間を守ること。

だがしかし、それがひどくおこがましい願いであったことを――彼女はこの日、知る。


シオンらと別れ、ノノはまっすぐ墓所へと向かった。

その道のりは決して長いものではなかった。ノノの足でも数分とかからない。それでも地面には太い根があちこち顔を出していて、躓(つまず)かないよう慎重に歩く必要があった。

逸(はや)る気持ちを抑えて一歩一歩、しっかりと踏みしめる。

「えへへ。ノノがんばったんだよって、早くおとーさんに教えてあげなきゃ」

初めて魔法で誰かを助けることができた。

それを父の墓前に報告することを思えば、胸がじんわりと温かくなる。

木々が大きく枝を広げるせいで、森の中は少し薄暗い。

それでも風が吹く度に、葉と葉の隙間を縫うようにしてノノの頭上に陽光が降り注いだ。まるで宝石のようなそのきらめきに、ますます足が軽くなる。

やがて木々が途切れ、見慣れた平原が現れた。

数々の碑石が立ち並ぶその場所に、ノノは駆け足で向かおうとして――。

「なっ……貴様!?」

墓所から響いた声に驚いて、ぴたりと足を止めた。

張り詰めた空気を感じ、そっと木陰に身を隠して様子をうかがう。

父の墓前に、ふたりの人物がいた。

ひとりはヒスイ。そしてもうひとりは――。

「グルド……」

「……」

そこにいたのは、裏切り者のグルドだった。

先日オーガの拠点で出会ったときに比べれば、傷は少し癒えたように見える。

しかしその顔には生気がなく、欠けた片角はそのままだった。

竜人族の角は力の源だ。一度折れてしまえば、元に戻るには百年以上の月日が必要となる。ノノの母、クロガネも両方の角を失ってしまっていた。

ヒスイは険しい顔でグルドに槍を向ける。

彼女の放つ殺気で、墓所に強い風が吹き荒れた。

「二度と顔を見せるなと言ったはずだ。まさかとは思うが、まだ謀反(むほん)を諦めてはいないのか」

「……バカを言え」

グルドはゆっくりとかぶりを振る。

ヒスイを見据える瞳は、悲愴と絶望を煮詰めたように濁っていた。

「今の俺に、そんな力はない。手下どももあの人間のせいで散り散りになってしまったしな」

「ならば何故ここに来た」

「……おまえに聞きたいことがある」

グルドはそこで足下の墓石を見つめ、長い吐息をこぼした。

それは墓所に満ちる空気と同じく、ひどく乾いたものだった。

まるで彼自身がすでにこの場の住民になってしまったかのように、ノノは感じられた。

（お、大人の話だし……ノノが出て行っちゃダメだよね……）

ノノはごくりと喉を鳴らす。

ふたりがこれから何を話すつもりなのかは分からない。

だが、第三者が決して立ち入ってはならないものであることくらい、小さなノノでも理解できた。

それに何より、嫌な予感がした。

背中を毛虫が這い回るような、声が出せなくなるほどのおぞましさ。

だからノノはゆっくりと後ずさろうとするのだが――嫌な予感が、確信に変わる。

「おまえは……ノノのことをどう思う」

グルドが静かな声でこう切り出した。

（……ノノのこと？）

そのせいで、ノノはまた足を止めてしまう。

ノノが覗き見る中で、ヒスイは目に見えてうろたえた。

「どう……とは。どういう意味だ」

「俺は、もう分からなくなってしまった……」

グルドは掠れた声を絞り出してから、淡々と続ける。

声の調子はひどく平坦だ。

しかし言葉を紡ぐ度、彼の表情は刃で貫かれているかのような苦悶に歪んでいった。

「故郷を逐われ、死に損ないとして放浪する俺のことを、ビャクヤ様は拾ってくださった。俺が忠誠を誓ったのはクロガネ様でも、ましてや里などでもない。俺の主君は永劫、あの方のみのはずだった」

そこで彼は言葉を切る。

墓所はふたたびしんと静まりかえり、初夏とは思えないような凍てつく風が吹いた。

野花が激しく揺さぶられ、ノノの足も急速に冷えていく。

その冷たい空気の中で——グルドはついに決定的な言葉を口にした。

「ビャクヤ様が死んだのは……ノノが生まれたせいだと思っていた」

「っ……！」

ヒスイは言葉を失った。

そして、ノノも目を瞬かせる。

（お、おとーさんが……？）

父は数年前の戦争によって命を落とした。

その頃、ノノはまだ生まれたばかりだったはず。それがどうしてノノのせいになるのか。

ノノは言い知れぬ胸騒ぎを抱えながら、息を殺してふたりのことを見守った。

そこで――。

雷のような怒声が墓所の静寂を切り裂いた。

「貴様、言わせておけば……！」

ヒスイが鋭く槍を突き出す。

だが、その先端はグルドの胸を貫く寸前にぴたりと止まった。殺意と理性の狭間で、刃はカタカタと震える。以前、ノノとシオンに止められたことを思い出したらしい。

「ビャクヤ様が亡くなられたのは……ノノ様のせいではないッ！」

敵を射貫くそのかわりに、彼女は双眸に怒りを宿して吼え猛る。

「おまえとて、あのときクロガネ様のご決断を後押ししたはずだ！　違うか、グルド！」

「そうだ。あのときは、俺もそうするしかないと思った。ビャクヤ様は御子が生まれてくるのをとても楽しみにしていらした。それが死産だなんて……そんな残酷なこと、認められるはずはなかった」

グルドは両手のひらで顔を覆う。

指の隙間からこぼれるのは、懺悔めいた慟哭の声。

「クロガネ様がノノを救うため、己の力をすべて明け渡せば……どうなるかも理解していた。案の定、谷は荒れ、あの戦争が起こり……」

彼の主は命を落とした。

「俺はビャクヤ様をお守りすることができなかった。己の無力を棚に上げ、クロガネ様とノノを恨んだ。だから里を抜け、あのふたりに復讐しようとしたんだ……それ、なのに……！」

頽れるようにして、グルドが地面に膝をつく。

その拍子に、彼の胸元から転がり落ちるものがあった。

それは小さな小瓶だった。

先日オーガの本拠地で出会ったとき、傷付いた彼にノノが渡したものである。

グルドがゆっくりと顔を上げる。

その頬を濡らす涙には、うっすらと血がにじんでいた。

「それなのに、ノノは俺のことを救おうとした……！　ビャクヤ様のご意志は、ノノの中で生きていたんだ……！　それなのに俺は……俺は、あの方の娘に、刃を向けてしまった……！」

グルドは声を震わせ、悲鳴のような声を上げる。

「教えてくれ、ヒスイ……！　俺の罪はどうすれば償える！　俺は、いったいどうすればよかったんだ……！」

「……そんなもの、私が知るはずないだろう」

ヒスイはその憐れな男を、冷たい目で見下ろすだけだった。

だがしかし、そこに浮かんでいるのは突き放すような無情さではない。

そっとビャクヤの墓石を見つめ、ため息をこぼす。

「私だって、ずっと償いの道を探しているんだ。ビャクヤ様が命を落とされたのは……私を庇ったせいなのだから」

彼女のその台詞（せりふ）もまた、墓所の空気と同じく乾ききっていた。

墓石はふたりの追悼（ついとう）を黙したまま見守るだけだ。

今ふたたび、強い風が吹く。

「そん、な……」

その風に誘われるようにして、ノノはふらふらとした足取りで木陰から出る。

草を踏むかすかな音が響き、ヒスイとグルドがハッとしてこちらに気付いた。

「ノノ様……!?」

「まさか、今の話を聞いて……!?」

ふたりとも蒼白な顔で言葉を失う。

それが、今の話が真実であることを如実に物語っていて――。

（ノノは……ノノが、生まれたせいで……）

母はノノを助けるために力を失った。

そのせいで起こった戦争で父が命を落とした。

そしてヒスイとグルドは、大切なひとを失った。

ノノは父のように、母のように、みなを守れる竜になりたかった。

だがそれがひどくおこがましい願いであることに、このとき気付いてしまったのだ。

大きく見開いた目から、涙の雫がこぼれ落ちる。泣く資格など、己にはないはずなのに。

視界がゆっくりと黒く塗りつぶされていく。

ノノは気付いてしまった真実を口にした。

「ノノが生まれたから……みんな、不幸になったの……？」

「違います！　ノノ様のせいでは――」

ヒスイが何事かを叫ぶ。

しかしその声は、ノノの頭の中で反響するひび割れた大音声（だいおんじょう）によってかき消された。

それが竜の咆哮で――己の喉の奥から放たれていることを悟ったとき、ノノの意識はぷつんと途切れた。

◇

それが起きたのは、クロガネらとともに里まで戻ったときのことだった。

一斉蜂起した連合軍と対峙すべく、竜人族らは急いで準備を整えることになった。

誰もが慌ただしく動き回る中、シオンは族長の屋敷でレティシアと落ち合った。

この里を訪れた際、最初に通された謁見の間である。

どうやら今日はここで子供らに絵本の読み聞かせをしていたらしい。

子供らを帰してざっくりと事情を説明すると、レティシアは拳を握って意気込んでみせた。

「それじゃ、私も一緒に戦います。竜人族のみなさんには、たくさんお世話になりましたし！」

「いや、レティシアは一応医療班として待機しててよ。万が一のこともあるしね」

「うっ……それもそうですね。分かりました」

しゅんっと肩を落とすレティシアだった。

先日一緒に戦えたのがよっぽど嬉しかったらしい。

だからシオンは頬を緩めてにっこりと笑う。

「今回は後方支援をお願いするけど……また今度一緒に大暴れしようよ、ね？」

「は、はい！　お願いします！」

レティシアはぱっと顔を輝かせてみせた。

その笑顔にシオンは胸が温かくなるのだが……。

「それじゃ、それまでダリオさんとたくさん修行しておきますね」

「うっ……し、師匠かあ……」

彼女が両手のひらを合わせてにこやかに続けたので、すっと渋い顔になった。

それを見て、レティシアがきょとんと目を丸くする。

「ダメですか？　こっそり強くなって、またシオンくんを驚かせたいんですけど……」

「いや、前も言ったけど……なるべくあの人と、ふたりにならないようにしてもらえると嬉しいんだけど……」

どんな危ない目に遭うかも分からないし、何よりぺろりと食べられる可能性がある。

【はっ、我に寝取られるのが先か、汝の女にするのが先か……見物だなあ！　わははは！】

当のダリオも魔剣の中からヤジを飛ばすし、胃がキリキリした。

その心配をよそに、レティシアはますます首をひねるのだ。

「ふたりになっちゃダメなんですか？　じゃあ、たまに夜一緒に寝るのもダメだったりして……？」

「待って!?　あの人そんなことしてたの!?」

「は、はい。寝付けない夜なんかには、決まっていらっしゃいます」

レティシアが言うには、不安で眠れない夜にはだいたいダリオが現れるという。

一緒にベッドに入ってくれて、たわいもないおしゃべりをしている間に眠ってしまう。そして、朝起きるとダリオは消えているのが常らしい。

「昨日はぐっすり眠れたからか、いらっしゃいませんでしたけどね」

「そ、そう……」

寂しそうに笑うレティシアから、シオンはさっと目をそらす。

まさかその添い寝の相手が、昨夜一晩中竜人族の女性らと酒池肉林を繰り広げていたなんて思いもしないらしい。そのままの純朴な彼女でいてほしかった。

(この子を守れるのは、俺しかいない……!)

シオンの胸に強い炎が宿る。

レティシアの肩をがしっと摑み、まっすぐ瞳を見つめて告げた。

「いいかい、レティシア。眠れないときは、まず俺に相談してほしい。師匠のかわりに……俺が、きみと一緒に寝るから！」

「えっ……えええ!?」

レティシアは裏返った声で叫ぶ。

顔を真っ赤に染めて、もじもじと言うことには――。

「そ、それじゃ……シオンくんが、私のことをぎゅってして寝てくれるんですか……?」

「師匠そんなことまでしてたの!?」

もう完全に、落としにかかっているとしか思えなかった。

【寝かしつけただけだが？　何の問題が？】

慌てて魔剣を睨みつけるものの、あっけらかんと返される始末だし。

シオンはぶるぶる震えながら、顔を真っ赤にして絞り出す。

「れ、レティシアが望むなら……ひと晩中だって付き合うよ!?」

「ふぇっ……!?　そ、そうですか……」

レティシアもますます真っ赤になってしまい、ふたり揃って黙り込むしかない。

そんなシオンたちのことを、通りすがりの竜人族らが不思議な顔で見つめていた。

「あのふたり、実はツガイじゃないんだってな」

「えっ、マジで？　どういうこと？」

「人間って寿命が短いわりにのんびりしてるんだな……」

そんなひそひそ声まで聞こえてくるので、シオンはくらくらとめまいがした。

しどろもどろで弁明しようとするのだが――。

「え、えっと、レティシア。深い意味はなくって――っっ!?」

「きゃっ!?」

そこでハッとしてレティシアを抱き寄せた。

そのまま里中に聞こえるよう大きな声で叫ぶ。

「みなさん！　伏せて！」

その次の瞬間。

【――――――ツッ！】

森から轟いた咆哮が、まっすぐシオンらへと襲いかかった。

人の可聴域を超えたそれは、音というよりはむしろ苛烈な衝撃波と呼ぶにふさわしい。

森全体が大きくしなり、湖面には高い波が立つ。舞い上がった砂埃が景色を覆い隠す。

シオンはそれをなんとか踏ん張ってやり過ごしたものの、あちこちでは吹っ飛ばされた者もいたらしい。咆哮が止んだ後、あたりは騒然とする。

シオンの胸の中で、レティシアがおずおずと顔を上げる。

「び、びっくりしました……平原で待っているはずの敵さんでしょうか」

「いや、そんな生半可なものじゃないよ」

咄嗟に守ったからよかったものの、下手をすればレティシアの鼓膜が破れていただろう。

そんな強い衝撃を発する者の気配など、この谷で感じたことはない。

言い知れぬ不安に襲われる中、決定的な変化が起こる。

「何だい、今のは……っ!?」

クロガネが血相を変えて謁見の間に飛び込んでくる。

そして彼女は言葉を失った。

バキバキバキバキッ！

砂埃によって霞んだ景色の向こう側で、何本もの木々がなぎ倒される音が響く。

シオンらの見守る中、ゆっくりと漆黒の影が起き上がった。

『Aア A……AAA……』

地の底から響くような獣の唸り声。

その影がゆっくりと天を向けば——光が十字に瞬いた。

『AAAAAAAAAAAA！』

何条もの熱光線が天を貫くと同時、凄まじい突風が巻き起こって砂塵が晴れる。

果たしてそこにいたのは一匹の黒竜だった。

大きさは山と見まがうほど。

体表を覆う鱗は漆黒で、日の光を吸い込むほどの底なしの闇を思わせる。

頭部の角は複雑怪奇な曲線を描き、血のように紅い瞳はしかと天を睨んでいた。

「あれは……邪竜ヴァールブレイム!?」

かつてダリオと一騎打ちを繰り広げた、伝説の邪竜。

本で見たとおりの外観のそれが、森のただ中に突如として出現したのだ。

しかし当の本人はシオンの隣であんぐりと口を開いて固まっている。

そもそも黒竜から迸る、全身の毛が逆立つようなこの強烈な魔力は——間違いなく、ノノのものだった。

「まさか、ノノちゃん……!?」

「ええっ!?　あんな大きな——きゃっ!?」

目を丸くしたレティシアが、突然轟いた爆音で悲鳴を上げる。

どこからともなく飛来したいくつもの炎球が、黒竜の上で爆ぜたのだ。

まばゆい炎は勢いよく燃え上がってその鱗を炙る。しかし、それだけだ。

黒竜はかまくびをもたげ、ゆっくりとあたりを見回した。

『ＧＧＬＬ……』

その首が東の方角でぴたりと止まる。

目をわずかに細めた後、黒竜はついに動き出した。

里に背を向けて、木々を踏み倒しながら緩慢な動きで遠ざかっていく。

それを見つめながら、クロガネは顔をしかめて言葉を絞り出す。

「今のは……平原の奴らか」

「おそらくは。思わず攻撃してしまったんでしょうね」

最終決戦を行うべく待機している最中、巨大な竜が現れたのだ。

しかもその見た目は、かつて谷を支配していた邪竜そのもので――高まった緊張感の中、恐慌に駆られた者が先走ったとしてもおかしくはない。

幸いにして、黒竜に転じたノノには怪我ひとつなさそうだ。

とはいえこのまま黙って見過ごすわけにはいかなかった。

シオンは身を乗り出して、黒竜の背へ大声で呼びかける。

「おーい！　ノノちゃん！　戻っておいで！　そっちは危ないよ！」

しかし、黒竜は振り返るそぶりすら見せなかった。

声もまるで届いていないようで、シオンは首をひねるしかない。

「……何だか様子が変です。そもそもノノちゃんって、竜に変身できたんですか？」

「そんなはずはない。早熟な子は変身できたりするが……あの子が成功したことは、これまで一度もなかったよ」

「それじゃ、あの姿はいったい――」

「クロガネ様っ……！」

そこで三人の頭上から影が差し、悲痛な声が響いた。

墜落するように勢いよく降りてくるのはヒスイだ。シオンは慌てて彼女の体を受け止める。

「だ、大丈夫ですか、ヒスイさん。その怪我はいったい……」

「私のことはいい！」

ヒスイの体はあちこち擦り傷だらけだ。

目立った傷こそ見当たらないものの、素肌に血のにじむその姿は痛々しい。

しかし彼女は己の負傷を歯牙にも掛けず、クロガネの前にひざまずく。

「申し訳ございません、御屋形様！　すべて私の落ち度です！　ノノ様に……ノノ様に知られてしまいました！」

「……どういうことだい」

こうしてヒスイはことの顚末を手短に語ってみせた。

墓所でグルドと遭遇したこと。そこで言葉を交わしたこと。それをノノに聞かれてしまったこと。

ひどく沈痛な面持ちで説明して、ヒスイは唇を嚙みしめる。

「どうやらノノ様は、ビャクヤ様の死をご自分のせいだと感じてしまったようなのです……」

「……やっぱりまだ受け止めきれなかったか」

クロガネは苦々しい面持ちで、遠ざかりゆく黒竜の背を見つめた。

その話を聞かれた直後、ノノの体は光を放ち、瞬く間に竜の姿へと転じたのだという。ヒスイは
その衝撃で吹き飛ばされ、気付いたときにはグルドの姿も消えていたらしい。

シオンはごくりと喉を鳴らす。

「つまりあれは……暴走状態ってことですか？」

「ああ、たまにあるのさ。感情が昂ぶった結果だね」

クロガネはゆっくりとかぶりを振る。

「……おそらく、ノノの自我は失われてしまっているだろう」

「そんな……！　元に戻すことはできないんですか!?」

「無理やり落ち着かせるか、体力を使い果たすまで暴れ続けるしかないよ。普通の竜人族がああな
った場合には、何人かでぶん殴って止めたりするんだが――」

そこで再び、空でまばゆい光が閃いた。

どうやら平原の者らが進軍に驚いて第二波を仕掛けたらしい。

黒竜に向けて放たれた炎弾や氷柱が空を駆け――。

『GRRLRLLL!!』

ジュッッ――。

空を覆うようにして放たれた白熱光に灼かれて、跡形もなく消え去った。

その光景を前にして、ダリオが感心したような声を上げる。

【おお、あれは紛れもなくクロガネのドラゴンブレス。現役時代の蛮力は、しっかりと娘に受け継がれたらしいな】

「……あれを止められるのは、大昔の英雄様くらいのものだろうね」

クロガネはため息をこぼすだけだ。

そんな中、レティシアが真っ青な顔で叫ぶ。

「ノノちゃん、もうじき平原にたどり着きますよ!?　待ち構えている敵さんたちに包囲されてしまいます！」

「仮にそうなったとしても、あの子は怪我ひとつ負わないだろうね」

クロガネは肩をすくめるだけだ。

なおも炎弾が降り注ぐものの、黒竜は意にも介さない。

力の差は絶大だ。だから安心……というわけにはいかなかった。

「ノノは無事だろうが……何をやらかすかは分からない。あの場の連中を皆殺しにするかもしれないし……平原を荒らし終わったあと、こっちに向かってくるかもしれない」

「そ、そんな……！　そんなことになったら、ノノちゃんが悲しみます！」

正気を取り戻したあと、目の前に広がっていたのが夥しい数の死体の転がる焦土だったら。

彼女はさらに自分のことを責めるに違いない。

その光景を想像して、シオンは胸が張り裂けそうになる。

（そんなこと、絶対に起こっちゃダメだ……！）

黒竜の背を指し示し、声を張り上げる。

「俺、先回りしてノノちゃんを止めてきます！」

「……すまない、シオン。あたしたちもすぐに追いかける」

「分かりました！」

険しい顔のクロガネに見送られ、シオンは諤見の間から飛び降りた。

湖に落ちる直前で風の魔法を展開。湖面すれすれを飛行して、黒竜を大きく迂回してその正面を目指した。黒竜が歩を進める度、重い地響きが反響する。

やがてシオンの視界を埋め尽くしていた木々がぱっと途切れた。

森を抜けたのだ。その先に広がっていたのは見渡す限りの荒野だった。

ゆけどもゆけどもむき出しの乾いた地面が続き、大きな岩がゴロゴロと転がっていた。

いつの間にか空には重い暗雲が立ちこめていて、どんよりとした空気が漂う。

殺風景ではあるものの、戦場には打って付けの場所だろう。

そしてシオンの飛びだした真正面には、ちょうど獣人たちが陣を形成していた。

「う、撃ち方構えぇ！」

豚のような顔をした者たちだ。

木を組んで作った巨大な投石機をいくつも陣中に並べており、それらで黒竜を狙うつもりらしい。

突然現れたシオンにも気付かず、森をゆっくりと進む黒竜を凝視している。

他にも荒野には多くの種族が集結していた。

ゴブリン族、ゴーレム族、豚型以外の多くの獣人族……その他、シオンも初めて見るような種族があちこちで一塊になっている。

一大決戦を仕掛けた彼らの顔に浮かぶのは、燃えさかる闘志などでは決してない。

誰も彼もが強く死を意識していて顔面蒼白となっていた。

「クロガネが力を取り戻したのか!?　聞いてねえぞ、あんなの！」

「こ、こうなったらもう戦うしかない……！　そうじゃなきゃ殺される……！」

「そうよそうよ！　恐れるんじゃないわ！　そもそもあいつの首を取るために集結したんだから！」

「ピギ――――ッ!?」

黒竜の影が、とうとう荒野に到達した。

もはや彼らに残された時間はわずかもない。

恐慌はあっという間に広がった。彼らは黒竜へ向けて一斉攻撃を仕掛け始める。

統率の取れていない矢や石、魔法での狙撃が襲いかかり、その巨体は爆煙の向こうに消えてしまう。

(ま、まずい……!)

嫌な予感がシオンの背中を駆け抜けた、次の瞬間。

『GA――AAAAAAAA!』

「つっ、ぎゃあああああっ!?」

爆煙を切り裂いて、黒竜の尾が容赦なく彼らへ襲いかかった。

その一撃は平原の右方を守っていたゴーレム族らを紙くずのように吹き飛ばした。

身の丈十メートルを下らない小山のような図体が、あっさりと遥か彼方へと消えていく。

そして一拍遅れて、強烈な衝撃が荒野全体に襲いかかった。

体の軽い者たちは吹き飛ばされ、弾かれた武具が風に乗って宙を舞った。誰ひとりとして、攻撃を続行できた者はいなかった。

連合軍は一瞬にして壊滅状態に陥った。

（これで終わりじゃない……！　来る！）

あれだけの総攻撃を受けても、黒竜のその体にはやはり傷ひとつ付いていなかった。

鋼のような鱗は曇りひとつなく、灰色の雲が太陽を覆い隠してもなお鈍い光をたたえ続ける。

その目が限界まで見開かれた。血のような双眸が射貫くのは――。

「うっ……うう……たす、け……」

荒野の中央にひとり転がる、ひとりの女性だった。

風貌は人間とそう変わりはない。猫のような耳と尻尾が生えた彼女は先ほどの一撃で吹き飛ばされ、意識が朦朧としているようだった。

他の仲間らが離れた場所から必死に呼びかけるものの、起き上がることもできずにいる。

憐れな獲物に、黒竜はしかと狙いを定める。

その口が裂けそうなほどに開く。

空気が張り詰め、十字の光が瞬き、そして――。

「いけな――っ!?」

シオンは咄嗟に飛び出そうとするが、はたと足を止めてしまう。

すぐそばを走り抜けていった人影に、意識を取られてしまったからだ。

『AAAAAAAAAA――！』

咆哮とともに放たれた閃光が荒野を切り裂き、光が爆ぜる。

その直後あたりに襲いかかるのは、喉が焼けるほどの熱風だ。

光線は狙いを違えることなくまっすぐ獲物へ放たれた。あの直撃を受けたのならば致命傷は免れまい。

だがしかし煙が晴れた後、そこに転がっていたのは無残に変わり果てた亜人の女性——ではなかった。

彼女はぽかんと目を丸くして、自身の目の前に立ちはだかる背を見つめていた。

「ぐっ……う……！」

グルドである。

障壁を展開して、なんとかギリギリで凌いだらしい。

それでもその体にはひどい熱傷を負っていた。

黒竜の目がかすかに揺れる。

「……俺が言えた義理ではないことは、百も承知だ」

グルドは苦悶に顔を歪ませながら、ゆっくりと黒竜を見上げる。

そうしてあらん限りの声を上げた。

「頼む、ノノ……！　どうかおまえだけは……俺のように、道を誤らないでくれ！」

『G……GLLAAAA————！』

つんざくような吠え声とともに黒竜がまっすぐグルドへ向けて突進する。

巨大な顎門（あぎと）を限界まで開き、獲物をひと呑みにせんと迫り――そこに、今度こそシオンは割って入った。

『GG……!?』

黒竜の目が驚愕に見開かれる。

荒野に集う者たちも同様に息を呑んだ。

見知らぬ人間が片手で黒竜の牙を押さえ、身動きを封じていたのだから当然だろう。

びっしりと生え揃った牙は、どれもシオンの背ほどもある。折ってしまわないように力を加減するのがなかなかに難しかった。

グルドは苦々しい表情でため息をこぼす。

「何故……死なせてくれなかった」

「あなたと一緒ですよ。ノノちゃんを悲しませせないためです」

シオンは平然と答えてみせた。

牙を押さえた手をぱっと放す。

ガヂッッッ!!

その刹那、大顎門が勢いよく閉じて虚空を噛んだ。

シオンはグルドと亜人の女性を抱え、すでに距離を取った後である。

「さあ、早く行ってください」

「あ、ありがとう……！　そっちの片角の竜さんも……！」

亜人の女性は何度も頭を下げて仲間のもとへと駆けて行った。

それを見送って、シオンは座り込んだグルドを振り返る。

「ヒスイさんから話は聞きました。あなたのやったことは許されることではないと思いますけど……後悔しているのなら、償う道は必ずあると思いますよ」

「ふんっ……百歳未満のひよっこが生意気に」

「そのひよっこに角を折られたのはあなたですけどね」

「まったく、その通りだ……な」

グルドは薄く笑い、岩陰に倒れ込む。

固く目を瞑るその様は死体と見紛うようだが、かすかに肩が上下するため、息があることが分かった。

シオンはそんな彼に回復魔法をかけようとするのだが――。

【やめておけ。そんな情け、この男は望まんだろう】

「……そうですね」

ダリオに制され、伸ばしかけた手を止めた。

彼を許すのはシオンの役目ではない。

今の自分にできるのは、目の前の黒竜と対峙することだけだ。

剣は抜かず、目の前にそびえる相手を真っ向から見上げる。

「それじゃあノノちゃん、俺がお相手するよ」

『GLL……GAAAAAAAA！』

黒竜はシオンをじっと見据えてから、天高く吼え猛った。

びりびりと空気を切り裂くその声に呼応するようにして、空からいくつもの雷槍が落とされる。

黒竜の威風溢れる佇まいと相まって、この世の終わりと名付けるに相応しい光景だ。

荒野のあちこちからは悲鳴や命乞いの叫びが聞こえてくる。

だが、しかし――。

「……うん？」

シオンはそれにふとした違和感を覚えたのだった。

九章　生まれてきて

クロガネたちが荒野にたどり着いたのは、それからしばらく経ってからのことだった。

随行するのはレティシアと、ヒスイを含めた数名の兵士たちのみ。

最低限の人数で固めた一団が森を抜け、荒野に足を踏み入れてすぐ――。

ドゴォッッ！

耳を聾(ろう)するほどの轟音と砂塵が彼らを出迎えた。

あまりの烈風にそれ以上進むことができず、ヒスイはクロガネを庇って叫ぶ。

「御屋形様、大丈夫ですか!?」

「問題ないよ。しかしまあ……」

クロガネはそこで言葉を切って、まっすぐ正面を見据える。

ふっと口元に浮かべる笑みは多分な苦味を含んでいた。

「子供はいつの間にか大きくなるとは言ったもんだが……こいつは少し育ちすぎだよねえ」

「あ、あれが本当にノノちゃんなんですか……？」

レティシアはごくりと喉を鳴らし、言葉を失う。

彼らの前で繰り広げられているのは、シオンと黒竜のぶつかり合いの一幕である。

『GGAAALAAA！』

「よっ！」

黒竜の尾を、シオンは跳躍して紙一重で回避する。

そのまま体をねじって尾の上に着地。全速力で駆け上がった。

華麗なその動きに、荒野のあちこちから歓声が沸き起こる。

「イケェ！　ヤッチマエ！」

「邪竜サエ殺セバ、コッチノモンダ！」

どうやら先ほどシオンが黒竜の動きをあっさりと止めたのを見て、一縷の望みを託す気らしい。

もしも黒竜を見事打ち倒すことができれば、彼らの天下も近くなるからだ。

とはいえそんな目論見、シオンに言わせればお門違いも甚だしい。

「はいはい、外野は黙っててくださいねー」

「グギャッ!?」

黒竜の背から魔法を飛ばし、心ないヤジを飛ばした者をすべて凍り漬けにしていった。

おかげで眼下はしんと静まりかえる。

ちょうどその折、黒竜の肩口にまでたどり着いた。

シオンはすかさず魔法を唱えるのだが――。

「《スリープ》！」

『LAAAAA！』

ジュッッ――――ドガアアアアッッン！

シオンの手から放たれた光は、黒竜が放った熱光線によって霧散した。

おまけに光線の直撃を受けてしまい、勢いよく吹っ飛ばされてしまう。空には荒野全体が赤く染まるほどの爆炎が上がり、シオンは炎をまとったまま地面にきりもみ墜落する。

そこは幸か不幸か、クロガネたちのすぐそばだった。

黒煙の上がるクレーターをのぞき込み、レティシアが慌てて叫ぶ。

「し、シオンくん!?　大丈夫ですか!?」

「平気平気。危ないからレティシアは下がっててね」

クレーターから顔を出し、シオンは軽く手を振ってみせた。

レティシアはホッとしたようだが、ヒスイならびに普通の兵らは『なんでピンピンしてるんだろう……』と若干引いている。

（うーん……やっぱりダメか。眠ってもらおうかと思ったんだけどな）

催眠魔法をかけて、ひとまず動きを止める作戦だった。

しかし相手はよほどの興奮状態にあるのか、まるで効くそぶりがない。

熱光線を放った黒竜は、肩をひどく上下させて喘（あえ）いでいる。

シオンらを一瞥して荒々しくかぶりを振り、天を見上げてさらに吼える。

『GL……RRRR!!』

その声は、これまでよりも少しだけ音階の高いものだった。

脳天を直に揺らすような鳴き声が荒野中に反響する。そして、変化はすぐに訪れた。

ズンッッッ――――!

「うぐっ……!?」

目に見えない何かが、あたり一帯にのしかかった。

大岩が地面にめり込み砕け、大きな地割れが蜘蛛の巣のように広がっていく。

シオンらも無事では済まず、立っていられなくなって地面に膝をついた。

まるで突然体が何倍もの重さになったように感じられ、全身が軋みを上げる。

「じゅ、重力魔法……!?」

先日、クロガネがためしにシオンへ使ってくれた魔法である。

物の重さを自在に変える神のごとき力をもってして、千年前の彼女は邪竜として君臨した。

とはいえ、黒竜に近付かなければ、それほどの効力にはならないらしい。

奇襲を仕掛けようと近付いていたゴブリンたちは、膝をつくどころか地面に腹這いになって苦悶の声を上げていた。黒竜がシオンに気を取られたのを好機と見たらしいが、それが彼らの命取りになったようである。

そして、かつてその魔法を受けたはずのダリオは呑気な声を上げるのだ。

【ほう、懐かしい技だな。精度もなかなかのものだし、さすがはクロガネの後継者！】

「お褒めいただきありがとよ……！」

クロガネは小声で魔剣を睨め付けた。

躊躇(ためら)いを断ち切るように唇を噛みしめてから、そばのレティシアを見やる。

「レティシア。万象紋であの子を鎮めるってのは……できそうかい？」

「ちょ、ちょっと……難しい、です……」

それにレティシアはしゃがみ込みながらか細い声を上げた。

先日のオーガキングを無力化したように、黒竜の力を奪ってしまえばいい。

クロガネはそう考えたようだが、ことはそう簡単にはいかないようだ。

「触らないと、ちゃんと発動できないんです……これじゃ近付けませんし……暴走させてしまったら、どうなるか分かりません……！」

「……そうかい」

クロガネは静かに瞑目する。

躊躇いを断ち切るように小さくうなずき——目を開き、シオンをまっすぐに見つめた。

「シオン！　手加減してくれるのはありがたいが……エネルギー切れを待つのは無理そうだ！　少しくらいなら、攻撃してもらってもかまわない！　じゃないとこいつはキリがないよ！」

「それだけはできません」
シオンはきっぱりと首を横に振る。
そうして腹に気合いを入れて――。
「よっ、と」
えいやっと立ち上がれば、クロガネらは目を丸くして言葉を呑んだ。
見えない巨人の手によって押さえつけられるような、圧倒的な力を感じる。
しかしシオンは悠々と、最初の一歩を踏み出した。
『GG……!?』
黒竜の目がほんのわずかに揺れる。
荒野で立つことができているのは、シオンと彼女のふたりだけだ。
一歩進むごとに、見えない巨人の力は強まった。体重が何十、何百倍にも感じられる。
それでもシオンはゆっくりと距離を詰めていく。
地面を踏みしめるごと、汚泥のように足が沈んでいった。
黒竜の顔に焦りが浮かぶ。しかし、それを振り払うように全身を震わせて地を蹴った。
『G……GRRLRRRR!?』
「うぐっ……!?」
見上げんばかりの巨体がシオンのことを荒々しく踏みつけた。

何度も何度も蹴り付けるようにして降り注ぐ、岩のように固い足裏。

シオンはそれを両手を突き上げて押し返すが、衝撃は凄まじく、巨大なクレーターがどんどん広がっていった。重力魔法に加え、黒竜の途方もない重量がのしかかる。

全身の骨が軋む音が、獣の遠吠えのように耳の奥で鳴り響いた。

だがそんなことは、地面に膝をつく理由に値しない。

「ノノちゃん、俺はね……！」

『ＬＬ……!?』

シオンは四肢に力を込める。

すると、わずかに黒竜の足が浮き上がった。動揺が声から伝わる。

そこが勝負の仕掛けどきだった。シオンは全身全霊を込めて——黒竜をぶん投げた。

「いくらきみが暴れても……きみを退治するつもりはない！」

『……きゃんッッ!?』

ズンッッ——！

黒竜の体はあっさりと宙を舞い、何度か地面にバウンドしてから、うつ伏せ状態で地面に転がる。

大地が割れるような地響きが荒野中に轟く。

そして、それを見守っていた者たちがぽかんと目を丸くした。

クロガネたちも同様だ。

「……『きゃん』？」

今し方、黒竜の口から放たれたのはこの世のものとも思えないような咆哮などではなかった。

それは間違いなく、幼い女の子のような声であり――。

「一応手加減したけど……乱暴してごめんね。こうでもしなきゃ、ちゃんと話せないと思ってさ」

シオンはそんな黒竜のそばに軽い足取りで近付いていった。

重力魔法は解除され、体がやたらと軽い。

それに反し、黒竜は卵に戻ったように体を丸めて、大きく頭を垂れてしまっていた。

莫大な力を振るい、シオンに襲いかかってきた面影はすっかり見当たらない。

破壊衝動に染まっていたはずの瞳も大きく揺れて、シオンからそっと視線を逸らす始末だ。

その鼻先にそっと触れて、シオンは笑う。

「ノノちゃん、もう凶暴なふりなんてやめようよ。ちゃんと話そう？」

『…………うん』

黒竜――ノノは小さな声を絞り出してうなずいた。

そんな折、周囲で押しつぶされていた者たちが武器を手にして起き上がる。

「妙ナ術ガ途切レタ……！」

「邪竜ガ弱ッタ今ダ！　全員デカカレバ――ギャンッッ!?」

血気盛んに向かってきたその一団を、シオンは一瞥もせずに雷魔法で黒焦げにした。

そこでクロガネもふらついた足取りで歩いてきた。黒竜の巨体を見上げて、呆れたように言う。

「まさか……ノノ、意識が戻っていたのかい？」

「グルドさんを撃った直後じゃないですかね。ねえ、ノノちゃん」

『……うん』

ノノはますます深くうつむいてしまう。

父の死の真相を知って、ショックを受け――その後の記憶は曖昧らしい。

気付いたときには目の前にシオンが立っていた。そこであることを思いついたのだと、ノノは小さく丸まったまま答える。

『おにーちゃんは強いでしょ……？　だから、このままめちゃくちゃに暴れたら……おにーちゃんが、ノノをやっつけてくれるって思ったの……』

「馬鹿な真似を……！」

クロガネは血相を変えて声を荒らげる。

「あんたは何も悪くない！　邪竜として倒されるいわれなんてないんだよ！」

『でも……おとーさんは、ノノが生まれなきゃ死ななかった……!!』

「ウギョエェッ!?」

ノノが悲痛な叫びとともに尾を振り回す。

空を切ってしなるそれが、奇襲を仕掛けようとこっそり近付いていた別の一団を偶然にも打ち据え、彼方へと吹っ飛ばした。シオンはさらに別集団をツタで雁字搦めにして地面に転がしておく。

ノノは体を丸めたまま深くうなだれてしまう。

『ノノが生まれて、おかーさんも、おとーさんも、みんな不幸になったの……ぜんぶノノのせいなの……ノノが悪いの……』

「それは違うよ。ノノちゃん」

シオンはゆっくりとかぶりを振る。

彼女の葛藤は当然のものだ。だがそれは間違っていると断言できる。

「きみのお母さんもお父さんも……全てをなげうってでも、ノノちゃんに生きてほしかった。ご両親が守り抜いた大切なものを、どうか否定しないで」

『おにーちゃん……』

「そ、そうです！」

レティシアも拳を握って声を上げる。

「里のみなさんも、ノノちゃんのことをとっても楽しそうに話してくださいました。元気に育ってくれて良かったって……そうおっしゃっていましたよ」

『レティシアおねーちゃん……』

ノノがぐすっと鼻をすすり、ほんの少しだけ鎌首を持ち上げる。

不安そうな目で見つめるのはクロガネだ。

『……おかーさん』

「何だい」

『ノノは……ほんとに生まれてきて、よかったの？』

「……馬鹿」

クロガネはふっと柔らかな笑みをこぼす。

巨大な鼻先を抱きしめて、ぽんぽんと優しく叩いてみせた。

「当たり前だ。あたしもビャクヤも、みんなノノと会えるのを楽しみにしていたんだよ」

「そうですよ、ノノ様！」

ハヤテも声を張り上げて叫ぶ。

「一緒に里へ帰りましょう！　あそこはあなたと俺たちの家です！」

『みんなぁ……』

ノノは目を潤ませて体を震わせる。

しかし、それも一瞬のことだった。

すぐに彼女はまた顔を伏せ、ぽつぽつと声をこぼす。

『でも、ダメなの……このままじゃ帰れないの……どうやって元に戻ればいいか、全然分かんないし……』

「ああ、子供が転化するとたまにあるんだよねえ」

クロガネは渋い顔をしてノノを見上げる。

とうとうその大きな瞳からは大粒の涙が流れ落ちる。

『ノノ、きっとずーっとこのままなの……おかーさんにもう抱っこしてもらえないし……みんなとも遊べないの……きっとそれが、ノノの罰なの！』

「ピギッッ!?」

ひときわ大きく叫んだと同時、その口からまた熱光線が何条も放たれた。

本気で暴れていたときよりも威力も射程範囲も控えめだが、あまりに数が多かった。

集結して巨大に膨れ上がりつつあったスライムたちがそれに灼かれ、水風船のような音を上げて破裂する。その他の種族らも悲鳴を上げて逃げ惑った。

そんな大混乱の中、しくしくと泣き続けるノノにシオンは笑いかける。

「大丈夫だよ、ノノちゃん」

『……へ？』

「クロガネさん、さっき言ってましたよね。こうなったらみんなで落ち着かせるか、エネルギー切れを待つしかないって」

「言ったけど……まさか」

目を丸くするクロガネにうなずいて、シオンはいたずらっぽく笑う。

「ノノちゃん。実はここに集まったのは、竜人族を倒そうとする敵たちなんだ」

『そ、そうだったんだ。なんでたくさんいるんだろー、って思ってたけど』

「うん。だから……ここにいるみんなは、倒される覚悟があるってこと」

そういうことなら、思う存分付き合っていただこう。

シオンは剣を抜き放ち、明るく告げる。

「実戦訓練だよ、ノノちゃん！　遠慮なくやっつけさせてもらおう！　くったくたになるまで戦えば、きっと元に戻れるはずだ！」

『う、うん！　おにーちゃん！』

ふたりは意気込んで荒野を見回すのだが――。

「……あれ？」

『あれれ？』

荒野はしんと静まりかえっていた。

集結した種族はそのほとんどが残っている。

ただし、それには大きく二種類に分かれていた。

深く頭を垂れて忠誠を示す一団。

黒焦げになったり凍り漬けになったりズタボロで転がったり……の一団。

そこで気絶したグルドに肩を貸しながら、ヒスイがため息交じりに言う。

「水を差すようで悪いんだが……反抗心の高い連中はみな、シオンとノノ様が一掃してしまったぞ」

「そういえばちょいちょい向かってきたのを倒した気がする……!?」

『尻尾に当たった気がする……！』

シオンもノノもショックの声を上げる。

それを見ていたレティシアは苦笑するばかりだ。

「無意識だったんですね……シオンくんはともかくノノちゃんも」

「……これなら、谷はもう安泰でしょうかね」

「当然だろうよ。こんなの見せられて、喧嘩を売るようなやつはいないだろうしね」

ハヤテらとともにクロガネも軽く肩をすくめてみせた。

シオンは頰をかき、ノノを見上げる。

「えーっと……かわりに俺と遊ぶ？」

「うん！　そっちの方が楽しそう！」

こうしてシオンがノノの相手を務めることとなり、人払いの済んだ荒野で三日三晩遊び尽くした。

まるでダリオの築いた伝説をなぞるかのように。

エピローグ

邪竜騒ぎから、数日後のこと。

「それじゃ、お世話になりました」

「こちらこそ」

黒刃の谷――その入り口にて、シオンはクロガネと固い握手を交わしていた。

彼女の後ろには数多くの竜人族が揃っていた。

もちろん中にはヒスイもいて、シオンに朗らかな笑みを向けてくる。

「また遊びに来てくれ、シオン。おまえたちならいつでも歓迎しよう」

「もちろんです。ヒスイさんやハヤテさんも、どうかお元気で」

「ふん、せいぜい長生きするがいい。矮小(わいしょう)な人間が、どこまで生きるかは知らんがな」

ハヤテはぷいっとそっぽを向きつつも、別れを惜しんでいるのが丸分かりだった。

そんなほのぼのした一角とは別に、湿っぽい一角があった。

竜人族の女性らがダリオを取り囲み、真剣に涙をこぼして引き留めているのだ。

「ダリオ様、本当に行っちゃうんですか……？」

「人間の寿命は短いっていうし……次、もう谷にいらっしゃることなんてないんじゃ……」

「そ、そんな……！　だったら私の血を飲んでください！　竜の生き血は寿命を延ばす効果があるんです！　ここで私たちと、ずーっと何百年と一緒に暮らしましょう……！」

わりと本気の泣き落としだった。

そんな彼女らに、ダリオはふっと男前に笑う。

「バカを言うでない。このダリオ、一夜を共にした女の願いを無下にはせぬ。今の用件が終わり次第、またこの谷に戻って……存分に可愛がってやろうとも」

「だ、ダリオ様……！」

「私、ずっと待っております……！」

「くくく……愛い奴らよ。褒美を取らすぞ、ほれ」

「っっ……!?」

「きゃあっ、ズルい！　私も私もぉ！」

ダリオがひとりの顎をすくって口付けを落とせば、感極まったのかあっさりと昏倒する。

その後はもう目も当てられない騒ぎとなった。

他の竜人族らもそっと視線をそらしてなかったことにしている。

クロガネは渋い顔をしてシオンに耳打ちした。

「なあ、本当にあいつの弟子でいいのかい？　次に会うときまでによーく考えておきな」

「そ、そうします……」

これから先の旅路でも、きっとこうした光景を目にすることになるのだろう。

その可能性を思い、シオンは胃がキリキリした。

「ダリオさんは人気者ですねえ」

天然のレティシアだけがほのぼのしている。

彼女は改めてクロガネに頭を下げてみせた。

「あの、クロガネさん。本当にお世話になりました。私、この力を……ちゃんと正しく使いこなしてみせます」

「ああ。レティシアならきっとできるさ」

クロガネは目尻を下げて笑ってから、気まずそうに頬をかく。

「前に斬りかかったりなんかして悪かったね。おまえみたいな人間なら、道を誤ることもないだろう。今ならはっきりと分かるよ」

「っ……ありがとうございます！」

レティシアの顔がぱっと明るくなる。

その隙に、シオンはダリオのことを回収しておく。

気付けば彼女のことを取り囲んでいた女性全員が、恍惚(こうこつ)の表情で昏倒していた。全員口付けひとつで黙らせたのだから恐れ入る。

「手際がいいんだからもう……そろそろ出発しますよ、師匠」

「分かっておるわ。だから手早く済ませてやったのだろう」

ダリオは飄々と肩をすくめ、ニヤリと空を見上げる。

青く澄みきったそこから、あるはずのない巨大な影が差してくる。

「何しろ、お子様には刺激が強いだろうからなあ」

『お待たせなの！』

ズシンッッッ――――！

重低音と地響きを上げてシオンらの前に降り立ったのは、巨大な黒竜である。

軽く天に向けて吼えると同時、その体は光を放って急速に縮んでいった。

やがてその光が収まった後、そこにはノノが立っている。

彼女はシオンの姿を見つけてほっと胸をなで下ろした。

「間に合ってよかったの。もう出発しちゃってたら、谷を越えて追いかけなきゃって思ってたから」

「飛んできたんだね、ノノちゃん」

「うん！　さっきまでノノ、お仕事してたの」

シオンのもとまで駆けてきて、ノノはぴょんっとその腰に抱き付く。

その様は無邪気な子供そのものだ。

ノノはにこにこと言う。

「さっきね、ケットシーのみんなを虐める獣人さんたちを、こらーって懲らしめてきたの。そしたらみんな、もうケンカしないって約束してくれたの」

「ああうん、ここまで聞こえてたよ」

西の方角から重々しい音と悲鳴が響いていた。

このところ、谷ではこうしたことが多くなっている。

しかし悲鳴ばかりでなく、それと同じくらいに数々の歓声が聞こえて――シオンはこっそりと苦笑する。

（まさかあの三日三晩の戦いで、完璧に力を使いこなせるようになるとはなあ……）

黒竜に転じたノノを元に戻すべく、シオンは三日三晩彼女と戦った。

戦いとはいっても本気ではなく、じゃれ合いに近いものではあったが……様子を見守ってくれたクロガネらは若干引いていた。甘噛みされても尻尾をくらってもシオンが平気な顔で笑っていたからだろう。

ともかくそのおかげで、ノノは無事に元の姿に戻れるようになった。

疲れ果てたのかその後丸一日眠り――起きたときには、自在に力を使いこなせるようになっていたのだ。竜に変身するのも、重力魔法を使うのもお手のもの。

反旗を翻していた者たちも荒野の一件ですっかり懲りたらしい。

黒竜姿のノノに全員土下座で詫びを入れ、結果としてこの谷の和平が叶ったのだ。

「たくましくなったね、ノノちゃん」

「うん。ノノね、たくさん頑張るの」

ノノはぐっと拳を握って意気込んでみせる。

「ノノのおかーさんと、おとーさんが守ろうとした場所だから。ふたりのかわりに、ノノが守るの。

それがノノの目標なの！」

「ふっ、大きな口を叩くようになっちゃって」

クロガネはそんな娘の頭を撫でて、くすりと笑う。

「だがまあ、くれぐれも無茶をするんじゃないよ。竜になれるようになったばっかりなんだから」

「だいじょーぶ！　そのときはおじちゃんが『ダメ』って言ってくれるから」

ノノは屈託なく笑い、背後を振り返る。

「ねー、おじちゃん」

「……ああ」

それにかぶりを振って応えるのは黒竜の背に乗っていたグルドである。

先日、ノノの前に立ちはだかって熱光線の直撃を受けつつも、彼はなんとか一命を取り留めた。

しかし、残っていたもう片方の角はそれによって失われてしまい、今ではクロガネと同じく両角なしだ。怪我も完全に癒えてはいないようだが、二本の足でしっかりと立っている。

そんな彼にクロガネは苦笑する。

「グルドもお疲れ。今日もお目付役ありがとね」

「……礼には及ばん」

グルドはため息交じりに言葉を絞り出す。

「この程度のことで償いになるとは思っておらぬ。死に損なったこの命、好きに使うがいい」

「当然だ。せいぜいノノ様のお役に立つがいい」

「くっそー……ノノ様のお付きなんて羨ましい……！」

ヒスイが冷たく言い放つ横で、ハヤテは嫉妬の炎を燃やしていた。

他の竜人族らも複雑そうな顔を見合わせる。

怪我したグルドが運び込まれた際、里の者たちはほとんどがいい顔をしなかった。グルドが裏切ったのは事実だし、襲撃を仕掛けたのも記憶に新しい。

だがしかし、そこでノノが声を上げたのだ。

ここでもノノは明るく言う。

「おとーさんとおかーさんの代わりに、ノノが谷のみんなを守るから。おじちゃんも安心してね」

「……ありがとうございます、ノノ様」

グルドはその場にひざまずき、深く頭を垂れる。

そんな姿を見てしまえば、他の者たちはもう何も言わなかった。

（たぶんもう安心かな……）

あのとき、黒竜となったノノの前に飛び出したグルドは、命の捨て場所を探しているようにすら見えた。しかし今はそんな捨て鉢な気配はまるで見当たらない。

きっとこれからは罪を償うために生きていくことだろう。

ほっとするシオンに、ノノは満面の笑みを向ける。

「また遊びに来てね、ししょー。ししょーの弟子として、ノノはこれからも頑張るから！」

「やっぱり俺が師匠になるのかあ……」

「うん！　ししょーはししょーだよ！」

「それなら……もう腹をくくるかな」

シオンは彼女の頭を撫でてにっこりと笑う。

「きみの成長に負けないくらい、俺も次に会うときまでにもっと強くなってるね。弟子に負けちゃ、師匠の名折れだし」

「楽しみにしてるの。何かあったらいつでも呼んでね。世界のどこにいたって、ノノはひとっ飛びでししょーのもとまで駆け付けちゃうの！」

「それは頼もしいなあ。そのときはお願いするね」

こうしてシオンは竜人族のみなに見送られ、歩き出す。

手を振る彼らの姿が、木々の向こうに見えなくなったころ——。

『ＧＲＲＬＬＡＡＡＡＡ!!』

まばゆい光とともに黒い竜が飛び立って、誇るような咆哮を空へと響かせる。

里の方角へ帰っていく彼女を見送ったあと、ダリオは喉を鳴らして笑った。

「くっくっく……汝はやはり我が弟子だな。我と同じく、邪竜を舎弟に加えるとは」

「同じですかねえ……」

舎弟と弟子はだいぶ違うと思う。

しかし、師の中では同一なのだろう。

(つまり……俺のことは舎弟だとも思ってるんだな、このひと)

そんな思いを噛みしめつつ、シオンはレティシアに笑いかける。

「それじゃ、まずは手近な町に行こうか。フレイさんに報告を送らないと」

「そうですね。人里は久しぶりです」

「ふむ、ならば我はその隙に酒場にでも繰り出すとするか」

頭の後ろで腕を組み、ダリオは揚々と声を弾ませる。

「いやあ、胸が躍るな。竜人族の女たちもたいそう美味ではあったが……次はどんな種族を食えるだろうか！」

「食べ……!?　お師匠さん、竜人族の方を食べちゃったんですか!?」

「なあに安心するがいい。汝が思っているような食い方ではない」

「そ、そうなんですか？　それっていったいどういう――」

「レティシア!?　ほらあそこに鳥が見えるよ！　かわいいね!?」

「わあっ、綺麗な色の小鳥さんですねえ」

ほのぼのと鳥に手を振るレティシアである。

興味が逸れてホッとしつつ、シオンはダリオを思いっきり睨み付けるのだが――、

「くはは、せいぜい大事にするがいい。でないと……我が取ってしまうからな？」

「絶対に阻止しますからね!?」

せせら笑うダリオに、シオンは全力で決意を叫ぶのだった。

番外編　譲れない師弟勝負

黒刃の谷を後にした半日後、シオンらは山間の小さな町に立ち寄っていた。

冒険者ギルドこそ存在しないものの、街道沿いにあるせいか宿屋や商店が充実していた。物資調達をかねて一泊することに決めたのだ。

宿の部屋を取ったときには、日はすでに沈みかけていた。

あとは夕食を取って、明日に備えてぐっすり眠るだけ。

そのはずだったのだが――大きな問題が起きてしまった。

「絶対にダメです!!」

「ほう……？」

「し、シオンくん？」

宿の一室にて。シオンはダリオの前に立ちはだかって、レティシアを背中に庇う。

背後からは戸惑いの気配が伝わってくるものの、頑として真正面を睨み付けた。

ダリオはそんな弟子にねっとりした笑みを向け、淡々と言う。

「一体何が問題だと言うのだ。見よ、この部屋を」

そうして示すのは三人がいる一室だ。

手狭だし、家具は最低限しか備え付けられていない。

「空いていたのはこの部屋だけ。そしてベッドはふたつときた。そうなれば……」

ダリオは手近なベッドに腰掛けて、マットレスをぽんぽんと叩く。

「女同士、我とレティシアが同じ寝台を使うのが筋なのでは？」

「そんな筋はありません！」

シオンは勢いよくその妄言を切り捨てた。

ふたつしかないベッドを三人で使うなら、女性同士で寝てもらうのが最良の手だろう。

だがしかし、今回の場合はその限りではない。レティシアに聞こえないようにダリオに小声で抗議する。

「色々言いたいことはありますけど……まずひとつ！　師匠、わざわざベッドで寝なくても大丈夫でしょう!?」

ダリオはそもそも魂だけの存在だ。

顕現しなくても、魂を封じた魔剣の状態で眠ることができる。

というか、そもそも睡眠の必要があるのかすら謎だ。

しかしダリオは飄々と言ってのける。

「我とてたまには寝台で眠りたい気分になるのだ。三大欲求を満たすのは明るい人生の基本だからな。何の問題がある」

「なら、あともうひとつ……！　これが大きな理由です！」

　シオンは大きく息を吸い込んで、静かに問う。

「師匠……レティシアと一緒に寝て、どうするつもりなんですか？」

「どうするって、決まっているだろう。そろそろ打ち解けてきた頃合いだし……」

　ダリオはレティシアを意味深に見やり、笑みを深めてみせた。

　赤い舌で唇を舐め、嫣然と言うことには――。

「一晩中可愛がる。他に選択肢があるか？」

「はいダメ！　アウトです！　考えうる限り最悪の回答ですからね!?」

　シオンは頭を抱えて絶叫する他なかった。

　一方で、事態が理解できていないレティシアはニコニコと笑う。

「可愛がるって……いつもみたいに頭を撫でたり、ぎゅーっとしてくれたりですか？」

「そんな感じだな。汝がお望みなら、もうちょっと変わった可愛がりかたもできるのだが」

「わっ、どんなことでしょう。ちょっと気になりますね」

「わはは、我に身を委ねれば天にも昇る心地にしてやるぞー」

「レティシア!?　危ないからこのひとの半径三メートル以内に近付かないで!?　後生だからね!?」

　怪しい手付きで誘うダリオから守るべく、レティシアに懇願する。

きょとんと首をかしげられるが、ちゃんと理由を説明する勇気はなかった。

彼女の盾になりながら、シオンはボリュームを絞りに絞った小声で訴えかける。

「師匠が女好きなのは嫌というほどに理解しましたけどね……！　だからって弟子の好きな子を寝取ろうとしないでくださぃ！」

ダリオは生粋（きっすい）の女好きだ。しかも手が早い。

先日訪れた黒刃の谷では一夜にして何人もの女性を相手取って骨抜きにしてしまった。

そんな危険人物の待つベッドに、レティシアのような純粋無垢な美少女を送り込むわけにはいかなかった。猛獣の檻に丸々太った子豚を放り込むに等しい。

（一晩中見張っていたとしても……俺の隙をついて、ふしだらなことをするに決まってる！）

だからシオンは必死になるのだが、ダリオは落ち着き払った様子で顎に手を当てる。

「『寝取る』と汝は言うが……そもそも汝とレティシアはどういう関係だ？」

「……へ？」

突然投げかけられた問いかけに、シオンは目を丸くする。

ダリオは静かに畳みかけた。

「恋仲か？　将来を誓い合った仲か？　どうなんだ、うん？」

「い、いやあの、まだそういう段階にはないっていうか、告白もまだだし……」

「ならばレティシアは汝のものではない。我があの娘を口説こうと自由のはずだし、寝取るも何もないのでは？」

「ぐっ、う……！　師匠のくせに正論で殴りかかってくる……!?」

　ぐうの音も出ないとは、まさにこのことだった。

　たしかにダリオの言うとおり、シオンとレティシアは付き合っているわけではない。

　彼女が誰とどうなろうと口出しする権利はないのである。

（権利はないけど……だからって黙って見ているわけにはいかないでしょ!?）

　キリキリと痛む胃を押さえるシオン。

　懊悩（おうのう）する弟子のことを、ダリオはニマニマと見つめてくる。やがてくすりと笑って、よく通る声で朗々と言うことには――。

「くはは……シオン。いい加減正直になるといい」

「は、はい？　何がですか」

　目を瞬かせるシオンに、ダリオは訳知り顔で言い放つ。

「汝がレティシアと同衾（どうきん）したいだけなのだろう？　ならば最初からそう言え」

「……はい!?」

「ええっ……!?」

　突然の爆弾発言に、シオンだけでなくレティシアも言葉を失った。ふたり揃って真っ赤になって固まってしまう。

やがてレティシアがおずおずとシオンの顔色をうかがって――。

「そういえばこの前、一緒に寝てくれるって言ってくれましたよね……そ、その、シオンくんがお望みでしたら、今夜でも――」

「違う！　いや、違わなくもないこともないけど……!?」

なんだか危険な匂いがして、シオンはしどろもどろで否定する。

一緒に寝たいかと聞かれれば、勢いよく首を縦に振る。しかし素直に認めるには経験が圧倒的に足りていなかった。

沸騰しそうな頭を振り絞り、言い訳を考える。

「えっと、その……そう！　師匠って寝相が凶悪なんだよ。一緒に寝たら、レティシアなんてあっさり蹴り飛ばされちゃうよ。だから心配でさ」

「そうなんですか？　でも、これまで何度か一緒に寝ましたけど、そんなことは一度もありませんでしたよ」

「たまたま運が良かっただけだよ。たまたまね」

そう。まだ手を出されていないのも、たまたまだろう。

シオンがあまりに真剣な顔で諭したものだからか、レティシアはひとまず納得してくれたようだった。ダリオはニヤニヤするばかりである。

そんな中、レティシアはうんうんと悩み始める。

「うーん……だったらどうしましょう。あっ、おふたりにベッドを使ってもらって、私が床で寝ればーー」

「だったら俺が床で寝る！」

「なら、我もレティシアと床で寝るぞ」

「ええぇ……せっかくふたつあるんですし、ベッドを使いましょうよ」

ふたりの勢いに、レティシアはたじたじだ。

シオンはダリオを真っ向から睨み付ける。

「これじゃ埒があきません。どっちがレティシアと一緒に寝るか……白黒はっきり付けましょう」

「ほうほう、我に歯向かう気か。いい度胸ではないか」

メラメラと燃え上がるシオンとダリオ。

「ど、どうしてこんなことに……？」

レティシアはおろおろするばかりだが、ふたりの闘志が強いことを悟ったらしい。

またしばし考え込んでから、ぱっと顔を輝かせる。

「それじゃ、じゃんけんで決めてはいかがでしょう。これなら平和だし公平です！」

「じゃんけんか……なるほど」

オーソドックスな勝負の付け方だ。

シオンは軽くうなずいてダリオに向き直る。互いに目線を交わし合えば、異論はないことが分かった。いざ尋常に――勝負！

「じゃんけん、ぽん！」

「ほい」

一回目はあいこ。

それ以降もふたりはじゃんけんを繰り返し、毎度同じ手を出していった。ハラハラと見守っていたレティシアだったが、やがて不思議そうに首をひねる。

「なんだか、ずっとあいこですね？」

「うん。そうだね」

じゃんけんを淡々と続けながら、シオンは事もなげに言う。

「相手が出す手をギリギリで見切っているからね。お互いそんな感じだから、なかなか勝負がつかないんだよ」

「くくく、振りかぶってから確定させるまで数百手は互いに変えておるからな。我のスピードについて来るとは中々やるではないか、我が弟子よ」

「お褒めに与り光栄です」

「お、思っていたのと違って高度な戦いです……！」

結局、じゃんけんで勝負がつくことはなかった。

ダリオも飽きたのか、かぶりを振って窓の外を見やる。

いつの間にか空はすっかり闇夜に染まり、丸い月が昇っていた。

「これでは朝になっても終わらんな。夕飯がてら、別の勝負事を探しに行くか」

「いいですよ、どんな勝負でも負けませんから」

「ほう……言うようになったではないか。ならばレティシアよ！　我らの戦いの結末、汝がしかと見届けるがいい！」

「へ？　わ、分かりました！　頑張ります！」

空気に流され、レティシアはぐっと拳を握ってみせた。

その素直な反応に、シオンはますます決意を燃やすのだ。

（この子を守れるのは、俺しかいない……！）


こうして三人で夜の町に出かけることになり、じゃんけん勝負に続く二回戦を大衆食堂で行うこととなった。

勝負形式はダリオが提案した大食い対決だ。

二つ返事で了承したシオンであったが——すぐにそれを後悔する羽目になった。三枚目の皿を積み上げて、ぐったりとテーブルに突っ伏した。

「も、もう無理、です……！」

「だははは、不甲斐ないなあ！　おお、そこの娘。また同じものを頼むぞ！」

一方のダリオは難なく九皿目を片付けて、ウェイトレスに追加注文を飛ばしていた。青白い顔で呻く弟子とは対照的に、明るい笑みを浮かべてさえいる。

惨敗を喫したシオンに、レティシアが慌てて水の入ったグラスを差し出した。

「だ、大丈夫ですか、シオンくん。無茶はいけませんよ」

「くくく。敗者への情けなど無用だぞ、レティシア。大口叩いておいて、たったそれぽっちで音を上げるとは情けない」

「無茶を言わないでください……！　ひと皿だけでも人間が摂取できる限界の糖分ですよ!?」

「お待たせしましたー。カロリーの暴力、当店名物の山盛りパンケーキになりまーす♡」

シオンが叫んだところで、ウェイトレスがダリオの十皿目をにこやかに運んできた。

大皿いっぱいに盛られているのは分厚いパンケーキである。それが計三枚。そこに生クリームやチョコソース、果物の砂糖漬けなどがこれでもかとデコレーションされていて、美しくも凶悪な大山となっている。

ダリオは腕まくりをしてその山に挑まんとする。

「よーし、いただくとするか。レティシアも食べるか？　シオンと同じ三皿では足りぬだろう」

「い、いいえ。これ以上食べると太っちゃいそうなので……我慢します！」

「女子、怖……!!」

カタコトで呻きながら、シオンは水を飲んで口の中を洗い流す。舌にこびりついた暴力的な甘味は当分消え去りそうになかった。

　がっくりと項垂れながらも、無力な拳を握りしめる。

（スイーツ大食い対決だなんて聞いてないけど……負けは負け、なんだよな）

　シオンは小さくため息をこぼすしかない。そんな弟子に、ダリオがくつくつと笑う。

「くくく……とはいえ、これは我の土俵。どうせならもうひと勝負、汝の得意分野で戦ってやってもいいだろう」

「俺の得意分野……？」

「うむ、そこで完膚なきまでに叩き潰してやる。さすれば汝も敗北を認めざるをえぬであろう？」

　ダリオは余裕綽々の笑みを浮かべ、パンケーキを優雅に切り分け口へと運ぶ。

　お情けのように降ってわいたチャンスだが、無駄にするわけにはいかない。

　シオンは危機感を煽られつつも必死になって考える。

（俺の得意分野って何だろう。剣とか魔法とか……？　いやでも、もとを正せばそれも師匠に教えてもらったものだしな……）

　頭をひねるシオンに、レティシアがこそこそと話しかけてきた。

「無理しないでくださいね。お師匠さんに蹴っ飛ばされるくらい平気ですから」

「うぐっ……で、でもやっぱり心配だからね」

　シオンは言葉を濁しつつ、かねがね気になっていたことを尋ねてみる。

「レティシアは迷惑してない？　うちの師匠けっこう破天荒だから、いっつも振り回されてるんじゃないの」

「とんでもありません。毎日とっても楽しいです」

レティシアはにこにことかぶりを振る。

無理をしているようには見えなかった。はにかむようにして小声で続ける。

「その、なんていうか……お姉さんがいたらこんな感じなのかなあ、って」

「お姉さん、か……」

シオンは小さく息を呑んだ。

先日知ったことだが、ダリオの姉は万象紋を付与された結果、記憶を失ってしまったという。

(同じような境遇のレティシアのこと……師匠はただ、大事に思っているだけなのかも)

下心全開の言動も、シオンをからかっていたのかもしれない。

そう察し、そっと師の様子をうかがうのだが――。

「そこのウェイトレスよ、手厚いサービスに感謝する。こいつはチップ代わりだ。受け取ってくれないか」

「ええっ!?　こ、こんな高価そうな指輪、いただけません！」

「何を言う、汝のおかげで素晴らしいひとときを過ごすことができたのだ。せめて感謝の印として、その美しい指先を飾らせておくれ」

「お客様……」

食堂のウェイトレスを、全力で口説いている最中だった。

（やっぱり信用ならないぞ、このひと……！）

少し認識を改めかけたが、警戒心を取り戻す。

そもそも、書物にも生粋の女好きと書かれていたようなひとだし――。

（っ、そうだ！　本だ！）

そこでシオンはハッとする。自分だけの強みを見つけたのだ。

「レティシア、これを！」

「はい？」

懐から取り出したものを、レティシアに差し出す。

それを受け取ればレティシアの顔がぱっと輝いた。

「あっ、英雄ダリオの本ですね。何度か私も読ませてもらった……でも、この本がどうかしたんですか？」

「そこから何か問題を出してほしいんだ」

シオンはニヤリと不敵に笑い、師に宣戦布告を叩きつける。

「師匠！　英雄ダリオに関するクイズで、俺と勝負です！」

「……はあ？」

ダリオは訝しそうに首をひねる。

英雄本人に、その知識量で勝負を挑もうというのだから当然の反応だろう。

パンケーキを切る手を止めず、呆れたようにぼやく。

「汝は何を血迷っておるのだ。そんなもの、我の圧勝で終わるに決まっているだろうに」

「やってみなければ分かりませんよ。レティシア、とびっきりマニアックなのを出してみてよ」

「は、はい。それじゃ……えーっと」

レティシアは本をパラパラとめくる。

やがて出題場所を決めたらしい。すーっと息を吸ってから、真面目な面持ちで口を開く。

「それじゃ第一問。英雄ダリオが、巨大なルビーである通称『乙女の鮮血結晶』を掘り起こしたのは地下迷宮の――」

「ふん、それは簡単だ。えーっと、トカナ地方のしゅ……朱果の迷宮だったはず！」

「その朱果の迷宮近くの村で、英雄ダリオの功績にあやかって毎年行われているお祭りは何という名前でしょうか？」

「は……？」

ぴしっと固まるダリオをよそに、シオンは意気揚々と手を挙げて答える。

「はい！　英雄トマト投げ祭り！」

「シオンくん正解です。では、第二問。そのお祭りで売られる名物といえば？」

「鮮血クレープ！　トマトを使った名物スイーツだよ！」

「お見事！　正解です！」

「知らんが!?」

　二ポイント先取したところで、ダリオが裏返った声を上げた。

「何だそのマニアックな問題は!?　というか、英雄トマト投げ祭りとは一体……!?」

「巨大ルビーに見立てた傷んだトマトを、村人同士で投げつけ合うお祭りですよ。最後は英雄ダリオの像にトマトを捧げて、来年の豊作を祈るんです」

「英雄に祈るな、そんなもの！　管轄外だ!!　というか、汝は何でそんな無駄なことを記憶しているのだ……!?」

「ふっ、侮ってもらっちゃ困りますね。俺は物心付いた頃から、あらゆるダリオの本を読み漁ってきたんです。雑学なら誰にも負けません！」

「うわ……オタク怖」

　自信満々で胸を張るシオンに、ダリオはドン引き気味だった。

（師匠は適当なところがあるもんな……！　自分の功績の細かいところまでは覚えてないだろうって読みは正しかった！）

　ちなみにシオンはその本を暗記レベルで読み込んでいるので、何を出されても答えられる自信があった。

本を覗き込み、ダリオは不服そうに頬を膨らませる。

「そもそもこの本の情報は真実なのか？　神にも等しき英雄ダリオを、このようなむさ苦しいおっさんに描いているあたり、信用に欠けるというか……」

「『朱果の迷宮を踏破した後、英雄ダリオは近くの村に立ち寄って村娘八人と一晩を共にした』とも書いてたはずですけど……合ってますかね？」

「……無駄なところだけ正確なのだな」

人数までしっかり合っていたらしい。

神妙な面持ちで黙り込むダリオに、レティシアはにっこりと笑いかける。

「でも、お師匠さんも昔の英雄さんと同じ名前だなんて奇遇ですよね。ご両親がお好きなんですか？」

「あー、レティシアはそういう認識だったんだ」

「そりゃ、普通そう考えるだろうよ」

「違うんですか？」

きょとんと目を瞬かせるレティシアだった。

まさか、ダリオがその英雄当人だとは思いもしないらしい。

その英雄様はパンケーキの残りを乱暴に完食してしまい、眉をひそめてため息をこぼす。

「一応負けは認めてやろう。しかしどうする、これで互いに一勝一敗だ。いい加減、次で決着を付けるとするぞ」

「だったら次はどんな――」

「た、大変だ！」

そこで食堂の扉が勢いよく開かれて、緊迫した悲鳴が響き渡った。

シオンを含め、居合わせた客たちがそちらを一斉に振り返る。

そこには泥だらけの村人が、息を切らせて立っていた。

彼は蒼白な面持ちで叫ぶ。

「町の近くでイービルボアの群れが出て、行商人たちが襲われているんだ！　誰か、腕に覚えのある冒険者はいるか!?　助けに行ってやってくれ！」

「なっ、イービルボアだって……!?」

その単語に、客たちはみな血相を変えてしまう。

「それってあの、デカい猪のことか!?　冒険者ランクD以上じゃないと太刀打ちできない相手だぞ……！」

「あいつらは山奥にしか出ないはずじゃないか！　なんでこんな人里に……!?」

「こ、この町にも来るかもしれない……！　ひとまず逃げるぞ！」

あっという間に、食堂内は大パニックに陥った。助けに行こうとする者は誰もいない。

開け放たれた扉の向こうからは、むせ返るような熱気と獣の臭気が飛び込んでくる。

それをざっと見回してから、シオンはダリオに向き直る。どうも、師も同じことを考えていたらしい。互いに薄い笑みを交わし合う。

「群れってことですし……倒した数が多い方が勝ちってことで、どうですかね?」

「ふっ、それが一番分かりやすいな」

こうしてふたりは同時に席を立つ。

テーブルに代金の金貨を置いて——。

「それじゃレティシア、ここで待ってて! 決着を付けてくる!」

「わははははは! イノシシ狩りだー!」

「ええっ!? わ、私も——」

レティシアの台詞を置き去りにして、ふたりは一斉に駆け出していった。

騒動の場所はすぐに分かった。町から続く街道の先、夜闇の中でかすかな灯りが揺れていたのだ。

「ブルァァアアアアッッ!!」

「ひいいいいっ!? あ、あっちに行け!」

そこでは何匹もの大猪が、馬車を囲んで吠え猛っていた。

商人らしき男が干し肉を遠くに投げるが見向きもしない。

一匹が勢いよく地を蹴り、馬車めがけて体当たりをぶちかまし——。

「どりゃっ!!」

「グガッ!?」

シオンはそこに割り込んだ。猪の牙を摑み、その巨体をぶん投げる。猪は夜空を切り裂くようにぶっ飛んで、手近な木に叩きつけられて動かなくなる。

手についた埃を払い、シオンはニヤリと笑う。

「よし、まずは一匹」

「甘いなあ、弟子よ」

ズシィ――ン!!

凄まじい轟音が響き、複数の猪が宙を舞った。

優雅に髪をかき上げて、ダリオは笑う。

「我はすでに三匹だ」

「ぐっ……!?　負けませんからね!!」

シオンもやる気を燃やし、手当たり次第に猪を倒していった。師弟にかかれば猪の大群など、あっという間に軍団を鎮圧できる――そう思っていたのだが。

「ガグァアアア!!」

斬っても燃やしても、猪の数はなかなか減らなかった。猪たちは満身創痍で、明らかに限界だ。

だがしかし一切臆することなく何度でも立ち上がってくる。

「い、意外としつこいな……!?」

「その上……馬車が邪魔で仕方ないときた」

「す、すみません……！　動くに動けなくて……！」

「怖いよパパぁ……！」

猪に襲われたせいで馬車が壊れてしまった上、荷台には商人の子供が乗っていた。彼らを庇いつつとなればあまり大きな威力の攻撃を出すわけにはいかない。

そのせいで、ダリオは目に見えて苛立ちはじめる。向かってきた猪を殴り飛ばしてから、大きく舌打ちしてみせる。

「ちっ、面倒だ。いっそこの一帯もろとも全て吹き飛ばすか……？」

「ちょっ、呪文を唱えないでくださいよ!?　猪以上の被害が出ます！」

広範囲を焼き払う無差別破壊魔法を放とうとする師を、シオンは羽交い締めで止めようとする。

勝負はますます混迷を極めてきた。そこで――。

「待ってください!!」

「っ……レティシア!?」

レティシアが現れた。猪たちも突然の乱入者に気付いてさらに気色ばむ。慌ててシオンは彼女の下に駆け寄ろうとするのだが……。

「ぷぎーっ！」

「へ」

その背後から小さな猪が顔を出したのを見て足を止める。

レティシアは他の猪らに、にっこりと笑いかけた。

「お捜しなのはこの子ですよね？」

「ッッ……!?」

そこで猪らの雰囲気が一変した。燃え盛るような殺気はなりを潜め、子供のもとへ集まっていく。

もはやシオンらに見向きもしない。

そんな中、レティシアはホッとしたようにこちらへ駆け寄ってくる。

「鳴き声がするから見に行ってみたら、町の外であの子が罠にかかっていたんです。怪我も魔法で治したし、もう大丈夫だと思います」

「子供を捜しに、山から下りてきただけだったのか……」

猪らをざっと見回すが、もうこちらに襲いかかってくる様子はない。

「どうします、師匠。これじゃ勝負に……師匠？」

「……ふっ」

ダリオは猪の子をじっと見つめていた。

その横顔に浮かべていたのは、薄く柔らかな笑みだった。猪らの再会を喜んでいる——わけではなさそうだ。その優しい瞳は、ここではないどこかを見つめていた。

しかし、すぐにニヒルに口の端を持ち上げてシオンに目線を向ける。

「何を言うかと思えば勝負だと？　これだけの数を鎮めてみせたのは誰だ。レティシアだろう？」

「……たしかに」

「へ？」

こうして、勝負は三人それぞれ一勝ずつで終わってしまった。


猪らは子供を連れ、山奥へと帰っていった。

それを見届けたあと馬車を直して町へと戻れば、商人だけでなく町の人々みなに感謝された。食事代も宿代もタダとなり、いくばくかの謝礼までもらってしまった。

そういうわけで、慌ただしい一日は無事に終わった。

しかし、誰がレティシアと一緒に寝るかという勝負については不思議な決着を見せた。

「えへへ。最初からこうしておけばよかったですね」

「そ、そうかなあ……」

ふたつのベッドをくっつけて、レティシアが真ん中。それを挟んでシオンとダリオが並ぶ。

全員一勝ずつ勝利した結果の折衷案だ。

（まあうん、これはこれで師匠のことが見張りやすいか……）

不貞行為に走ろうとしても、すぐに取り押さえることができるだろう。

少し予想外の展開にはなったが、シオンはひとまず決着を受け入れていた。

その一方で女子ふたりは満面の笑みだ。

レティシアはもちろんのこと、ダリオもダリオで無駄に気合いの入ったセクシーなナイトウェアを着てやる気満々である。にんまりと笑みを深め、レティシアにぎゅーっと抱き付く。

「弟子という邪魔者がいるものの……レティシアの隣はゲットできたし上々だ！」

「は、はい。ふつつか者ですがよろしく、きゃっ！」

そのまま押し倒されるレティシアだった。

微笑ましいはずのやり取りに、シオンは渋面になってしまう。

「師匠、自重してください」

「わはは、無礼講だ。よいではないか」

「ふ、ふえぇ……」

レティシアに頬ずりしながら、ダリオは目を細める。

女性同士のスキンシップと言うよりも、セクハラに片足を突っ込んでいた。

見ていられなくなって、シオンは引き剝がそうと手を伸ばしかけるのだが――ダリオがレティシアの胸に顔を埋め、ぽつりとこぼす。

「汝の匂いは安心する。我の姉様とよく似ているんだ」

「お師匠さんのお姉さん、ですか……？」

「ああ。姉様も、先ほどの汝のように……怪我した猫やら犬やら、よく拾ってきたものだ。それを、少し思い出した」

ダリオはぼんやりと言葉を紡ぎ、レティシアを抱きしめる腕に力を込めた。

それに、シオンは言葉を呑んだ。

（師匠……やっぱりレティシアのこと、お姉さんと重ねて……）

じーんと胸が締め付けられる。

しかしそれは――レティシアがくすくすと小さな笑い声を上げるまでだった。

「ふ、ふふふ……お師匠さんったら、くすぐったいですよ」

「よいではないか、よいではないか。ここがいいのか～、ほらほら」

「きゃあっ!? だ、ダメですよぉ、そんなところ触っちゃ……」

「はいアウト！ アウトです！ 表に出てください師匠！ やっぱり決着を付けましょう!?」

レティシアからダリオをべりっと引っぺがし、シオンは真っ向から宣戦布告した。

しかしそれ以降も監視の目を光らせていたものの、ダリオがレティシアに手を出すことはなく、

シオンが気を揉むのをよそにふたりは仲を深めていった。

あとがき

どうもお久しぶりです。陸に上がったさめです。

一巻に引き続き、『魔剣の弟子は無能で最強！』二巻をお手に取っていただけまして、たいへん光栄に思います。ふたたびご縁があったことを感謝いたします。

二巻は竜人族との交流がメインとなるお話となります。

イラスト担当の植田亮先生には、新たにクロガネとノノをデザインしていただきました。

異国情緒漂う服装がファンタジーらしくてとてもいいですね！　表紙イラストでもふたりの個性が出ていて、初めて拝見したときはたいへんワクワクさせていただきました。作中イラストもぜひぜひじっくりとご覧ください。クロガネの色気がすごい！

シオンが彼らと出会ってもたらす変化や、ダリオやレティシアとの漫才めいたやり取りも楽しんでいただければ幸いです。

個人的に、ダリオは勝手に喋って動いてくれるので、書いていてたいへん助かります。本作は彼女を出すことを決めてから話が一気にまとまったため、さめも恩義を感じております。ツッコミ役のシオンには今後も頑張ってもらいたい所存。

二巻はWEBに上げているものからかなり加筆修正を行っておりますので、そちらを既読の読者様にも楽しんでいただければ幸いです。

また今回も本文の修正にあたり、担当のM様より多くのアドバイスをいただきました。今後も容赦なくツッコミをいただければ嬉しいので、ぜひともよろしくお願いいたします！

そしてとうとう今作のコミカライズが始まります。

作画をご担当いただくのはニシカワ醇先生。

この二巻が発売された翌日八月七日から、マンガUP！様にて掲載予定です。

とても読みやすく、また丁寧に起こしていただいております。圧巻の迫力をぜひぜひご覧ください。さめも一読者として影ながら応援しております！

また、今回は帯にてGA文庫様より出版していただいている毒舌クーデレシリーズの告知も挿入されていることかと思います。他社様の作品ではありますが、コラボしていただきました。そちらも七月二十九日から松元こみかん先生によるコミカライズがマンガUP！様にて開始しているはずなので、よろしければご一読ください。すれ違いなしの甘々ラブコメです。

それでは最後にお手に取ってくださった読者の皆様、イラストの植田先生、コミカライズのニシカワ先生、担当のM様、その他この作品に関わってくださったすべての方に感謝を。

次回もお会いできるよう精進いたします。さめでした。

ありがとう
ございます!
RYO.2021.7

「魔剣の弟子は
無能で最強！」
『2巻発売おめでとうございます!!』
コミカライズ担当のニシカワ醇です。
「マンガUP！」にて連載します！
そちらもよろしくお願いいたします！
ニシカワ醇

マンガUP!

毎日更新

名作&新作100タイトル超×基本無料=最強マンガアプリ!!

GC UP! 毎月7日発売

https://sqex.to/mup ※一部アプリ内課金あり

- 「攻略本」を駆使する最強の魔法使い ～<命令させろ>とは言わせない俺流魔王討伐最善ルート～
- おっさん冒険者ケインの善行
- 二度転生した少年はSランク冒険者として平穏に過ごす ～前世が賢者で英雄だったボクは来世では地味に生きる～
- 最強タンクの迷宮攻略 ～体力9999のレアスキル持ちタンク、勇者パーティーを追放される～
- 冒険者ライセンスを剥奪されたおっさんだけど、愛娘ができたのでのんびり人生を謳歌する
- 落第賢者の学院無双 ～二度目の転生、Sランクチート魔術師冒険録～

他

SQUARE ENIX WEB MAGAZINE
ガンガンONLINE
オンライン
毎日更新
GC ONLINE 毎月12日発売
不機嫌なモノノケ庵
ワザワキリ
月刊少女野崎くん
椿いづみ
スライム倒して300年、知らないうちにレベルMAXになってました
原作：森田季節（GAノベル／SBクリエイティブ刊）漫画：シバユウスケ
キャラクター原案：紅緒
性別「モナリザ」の君へ。
吉村旋
たとえばラストダンジョン前の村の少年が序盤の街で暮らすような物語
原作：サトウとシオ（GA文庫／SBクリエイティブ刊）作画：臥待始
キャラクター原案：和狸ナオ
わたしの幸せな結婚
原作：顎木あくみ（富士見L文庫／KADOKAWA刊）漫画：高坂りと
キャラクター原案：月岡月穂
私がモテないのはどう考えてもお前らが悪い！
谷川ニコ
魔法陣グルグル2
衛藤ヒロユキ
最強WEB雑誌！
https://www.ganganonline.com/
●伝説の竜装騎士は田舎で普通に暮らしたい ～SSSランク依頼の下請け辞めます!～ ●後宮の結び人
●落ちこぼれ国を出る ～実は世界で4人目の付与術師だった件について～ ●侍女なのに…聖剣を抜いてしまった！
●合コンに行ったら女がいなかった話 ●時使い魔術師の転生無双～魔術学院の劣等生、実は最強の時間系魔術師でした～ 他
©Akumi Agitogi Licensed by KADOKAWA CORPORATION

●SHIORI EXPERIENCEジミなわたしとヘンなおじさん ●結婚指輪物語
●ヒノワが征く! ●史上最強の大魔王、村人Aに転生する
●やはり俺の青春ラブコメはまちがっている。—妄言録— ●千剣の魔術師と呼ばれた剣士 他

SQEXノベル

魔剣の弟子は無能で最強！
～英雄流の修行で万能になれたので、最強を目指します～　2

著者
ふか田さめたろう
イラストレーター
植田亮

2021年8月6日　初版発行

発行人
松浦克義
発行所
株式会社スクウェア・エニックス
〒160－8430
東京都新宿区新宿6－27－30　新宿イーストサイドスクエア
（お問い合わせ）スクウェア・エニックス　サポートセンター
https://sqex.to/PUB

印刷所
図書印刷株式会社
担当編集
増田翼
装幀
冨永尚弘（木村デザイン・ラボ）

ISBN978-4-7575-7410-6 C0093　　Printed in Japan